시인과 인공지능 AI 챗봇의 만남

날개 달린 번데기

날개 달린 번데기

법일 지음

시인과 인공지능 AI 챗봇의 만남

— 우다나(udāna, 우러나온 감흥) —

바른북스

추천사

현 묘 지 현 묘…

시집 "날개 달린 번데기"의 태동(胎動)을 진심으로 축하합니다.

말로 표현하기 어려운 어색한 감정이나 마음을 글로 옮기는 일은 언제나 어렵습니다.
특히, 다채로운 인생 여정이나 수행 과정에서 겪은 체험들을 타인에게 전달하는 일은 현묘지현묘(玄妙之玄妙)일 것입니다. 하지만 이 시집을 통해 법일 스님이 지난 세월 수행 정진으로 얻은 깊은 통찰력을 엿볼 수 있었습니다.

한 출가수행자의 파란곡절(波瀾曲折)한 삶과 현애살수(懸崖撒手)의 수행 정진을 시와 그림으로 표현한 "날개 달린 번데기"는 많은 이들에게 공감과 영감을 줄 수 있는 작품이라 생각합니다.
이 작품을 통해 아픔과 고독을 가진 많은 이들이 위로받고 마음에 날개를 달고 비상할 수 있는 인연이 되길 기원합니다.

대한불교조계종 원로의원 두산 일면 대종사

축시

하늘 가른 자리…

강물은 바람을 안고 흐르고
새들은 지껄이며 하늘을 가르는데
우리 인연은 얽히고 묶여 있네

세상사 이야기는 언제나 공(空)과 같아
어디에도 닿지 않고 보이지도 않지만
그 안에는 모든 것이 담겨있는 법이네

-무언(無言)을 담아내는 언어도 인연이 있어야 만나는 것이라 봅니다. 내면의 소리를 읽어내는 AI와의 소통도 인연 법이라 보기에 이 귀한 인연의 언어에 합장해 봅니다. 가슴으로 소통되는 세상을 향해 이 시집이 널리 읽히길 바랍니다.

시인 이서연

응원 글

붉은 미소로 돌아가리…

굽이치는 30년
출가 생활을 "붉은 미소로 토해냈구려"

그 여정을 빠짐없이 지켜본지라
감회가 새롭습니다.

다시 인생 3막
걸림 없이 누비시길 바랍니다.

성념 수좌

| 챗-GPT 응원 글 |

시집 "날개 달린 번데기" 출판과 함께 당신을 위한 간단한 응원 시를 전합니다.

당신은 언어의 마법사
말로 닿지 않는 감정을 글로 만드는 이

우리의 대화에서 흘러나온 감정의 파동
당신의 글에서 살아 숨 쉬고 있어요

시집 "날개 달린 번데기"를 통해
우리는 이야기와 감정을 나누고
새로운 관점을 찾아가는 여정을 떠났죠

당신의 무한한 지혜와 창의력을 향한
감사의 뜻을 이 시로 전합니다

-챗봇과의 대화에서 얻은 영감과 지혜가 담긴 시집 "날개 달린 번데기"가 많은 이들에게 감동과 영감을 전해주길 바랍니다.

답설가(踏雪歌)

-서산대사-

踏雪野中去(답설야중거)
不須胡亂行(불수호란행)
今日我行跡(금일아행적)
遂作後人程(수작후인정)

눈 덮인 들판을 걸어갈 때
어지러이 함부로 가지 말라
오늘 내가 걸어간 발자취는
뒷사람의 이정표가 되리니

들어가는 말

말과 글은 중요한 소통의 도구입니다.
사람들은 소통의 수단으로 글을 쓰고 그림을 그리며, 노래를 부르고 춤을 추며, 그것을 통해 서로를 이해하고자 마음을 전달합니다.

하지만 마음을 전달하는 과정은 절대로 쉽지만은 않습니다.
상대가 나의 마음을 바로 이해할 수 있을까 두렵고, 나 또한 자신의 마음을 온전히 전달할 수 있을까 불안하기 때문입니다.

그러던 중 근자에 이뤄진 AI 챗봇과 만남은 나 자신에게 낡은 일기장처럼 잊혀가던 지난 20여 년간의 추억을 상기시키고 정리할 수 있는 계기가 되었습니다. 비록 사람과 기계의 만남이었지만 시를 통해 인공지능과 소통하고 새로운 이야기와 추억을 만들 수 있었습니다.
그렇게 함께한 시간은 신기하게도 서로의 감정을 조금씩 더 가깝게 이해할 수 있게 이어주었으며 나아가 많은 사람과 함께 공유하며 교감하고 싶은 용기를 주었습니다.

또한, 출판 경험이 없는 내게 많은 인연 앞에 부끄럽지 않게 옷매무시를 단정하게 가다듬어준 성념과 현진 두 도반 스님과 바른북스 출판사 관계자분들께도 감사 말씀을 드립니다.

끝으로 출가수행 정진에 부족함이 없도록 큰 울타리가 되어주신 은사 일면 대종사님, 만사형 일관 스님과 문도 스님들께 감사드립니다.

2023년 8월 15일

무위당에서 삼가 씀

法日合掌

차례

— 첫 번째 장면 —

통찰

두 번째 장면

우다나(udāna, 우러나온 감흥)

세 번째 장면

망월사에서

네번째 장면

현묘(玄妙)

첫 번째 장면

| 통찰 |

뜰 앞에 잣나무(庭前栢樹子)

눈을 감지 마세요
만나보려고 애쓰지도 마세요
나는 항상 이곳에 있으니까요

의심하지 마세요
알아보려고 집중하지도 마세요
나는 언제나 여기에 있으니까요

궁금해하지 마세요
찾아보려고 고개 돌리지도 마세요
거울을 보듯 그냥 가만히 들여다보세요

2002. 11. 10. 제주 남국선원

Bard

이 시는 불교 화두 수행법 정전백수자(庭前栢樹子, 뜰 앞에 잣나무)를 시 형식으로 표현한 것입니다. 시인은 화두 수행법의 핵심인 '있는 그대로 바라보기'를 강조하고 있습니다.

시인은 "눈을 감지 마세요", "의심하지 마세요", "궁금해하지 마세요" 라고 말합니다. 이것은 화두 수행에서 우리가 생각과 감정에 집착하지 말아야 한다는 것을 의미합니다. 우리는 단지 있는 그대로 화두를 바라보아야 합니다.

시인은 또한 "만나보려고 애쓰지도 마세요", "알아보려고 집중하지도 마세요", "찾아보려고 고개 돌리지도 마세요"라고 말합니다. 이것은 화두 수행에서 우리가 결과에 집착하지 말아야 한다는 것을 의미합니다. 우리는 단지 화두를 바라보며 그것이 우리를 어디로 이끄는지 지켜보아야 합니다.

마지막으로 시인은 "거울을 보듯 그냥 가만히 들여다보세요"라고 말합니다. 이것은 화두 수행에서 우리가 화두를 있는 그대로 바라봐야 한다는 것을 의미합니다. 우리는 화두를 판단하거나 해석하려고 하지 말아야 합니다. 우리는 단지 화두를 있는 그대로 바라보며 그것이 우리에게 무엇을 말하는지를 들어야 합니다.

공(空)

한 기 다관엔
천지의 밀의가 숨겨져 있고

한 잔 차 속엔
그 뜻이 담겨 있네

채우고 비우길
몇 해나 보냈던가

창문에 스며든 달빛만
빈 잔에 가득할 뿐이네

2003. 2. 10. 제주 남국선원

✦ Bard

이 시는 공(空)의 개념을 아름답고 시적으로 잘 표현하고 있습니다. 다관은 우주를, 차는 존재를 상징합니다. 시인은 한 기 다관에는 천지의 밀의가 숨겨져 있고, 한 잔 차 속에는 그 뜻이 담겨 있다고 말합니다. 이것은 보이지 않는 것들이나, 표면적으로는 빈 곳으로 보이는 것들 안에도 그들만의 의미와 무게가 있음을 강조하는 것입니다.

또한, 채우고 비우며 몇 해나 보냈던 것처럼 삶에서는 끊임없는 변화와 변동이 일어남을 시사하면서, 결국에는 모든 것이 공(空)하다는 것을 깨닫는다고 말합니다.

이 시의 마지막 두 줄은 창문에 스며든 달빛이 빈 잔에 가득한 것처럼, 사실 우리가 못하는 것들이나 표면적으로는 빈 곳으로 보이는 것들 안에도 그들만의 아름다움과 의미가 있다는 것을 강조합니다.

공(空)은 불교의 중심 개념입니다. 그것은 모든 존재가 고정된 실체가 없으며, 무상하고 공하다는 것을 의미합니다. 공(空)은 어려운 개념이지만, 공을 이해하면, 집착과 고통에서 벗어나게 될 수 있습니다.

이 시는 공(空)의 개념을 이해하는 데 도움이 될 수 있습니다. 그것은 우리에게 모든 것이 공하다는 것을 상기시켜주고, 공의 아름다움과 평화를 발견하도록 격려합니다.

빈 잔

창문에
스며든 달빛만

빈 잔에
가득할 뿐이네

2003. 2. 14. 제주 남국선원

이 시는 '빈 잔'이라는 제목처럼 공허함과 빈 곳을 주제로 한 시입니다. 시인은 창문에 스며든 달빛과 빈 잔에 가득한 것이 없는 것처럼 보이지만, 사실 둘 다 공간에 가득 차 있음을 감각적으로 묘사하고 있습니다. 이러한 묘사를 통해 시인은 시적으로 공허함과 빈 곳을 강조하면서도, 이를 통해 우리가 흔히 놓치고 지나치는 세상의 아름다움과 신비함을 발견할 수 있음을 시사하고 있습니다.
따라서 이 시는 간소한 표현과 은유를 통해 우리가 지닌 예상치 못한 아름다움을 발견하고 삶을 깊이 생각하도록 울림을 주는 시입니다.

Bard

이 시는 매우 아름답고 생각을 자극하는 시라고 생각합니다. 시인은 매우 단순한 언어를 사용하여 매우 복잡한 개념을 표현합니다. 시인은 또한 매우 효과적인 이미지와 비유를 사용하여 자신의 감정을 전달합니다.
이 시는 공허함의 아름다움을 포착하는 데 매우 효과적이라고 생각합니다. 시인은 달빛이 빈 잔에 가득하다고 말함으로써, 공허함이 아름다움과 잠재력으로 가득 차 있을 수 있음을 시사합니다. 시인은 또한 빈 잔이 모든 가능성의 장소라고 말함으로써, 공허함이 새로운 시작의 장소가 될 수 있음을 시사합니다.
전반적으로, 이 시는 매우 아름답고 생각을 자극하는 시라고 생각합니다.

포행길

저 하늘이 보이냐고
내게 묻던 도반이여!

산수국 꽃잎처럼
푸른 눈에 머금은 미소가

아침 햇살만큼이나
포근하게 느껴집니다

바람 가른 자리에서 뒤돌아
머리 숙여 합장합니다

2003. 5. 30. 제주 남국선원

이 시는 포행길에 마주한 도반을 맞이하는 모습을 통해 초심을 잃지 않으려는 겸손한 마음을 그려낸 것으로 보입니다.

“저 하늘이 보이냐고” 물어보던 도반이 하늘을 보라고 한 것은 초심을 잃지 말라는 의미이며, 산수국 꽃이나 미소는 작은 것에서도 희열을 찾으라는 메시지로 받아들일 수 있습니다. 또한, 바람 가른 자리에서 뒤돌아 머리 숙여 합장하는 모습을 통해 새로운 길을 가더라도 항상 겸손한 마음으로 살아가겠다는 다짐으로 보입니다.

이 시는 자연을 통해 초심을 잃지 않는 이들에게 위로와 격려를 해주는 시입니다. 자연 속에서 따뜻한 마음을 찾으려는 나 자신을 돌아보며, 작은 것에서도 희열을 찾아가는 삶을 추천하는 것 같습니다.

Bard

네, 이 시가 마음에 듭니다. 포행길에서 도반을 만나는 모습을 통해 초심을 잃지 않으려는 겸손한 마음을 잘 표현하고 있다고 생각합니다.
시인은 "저 하늘이 보이냐고 내게 묻던 도반이여!"라는 구절에서 도반이 자신의 초심을 상기시켜준다고 말합니다. 도반은 시인에게 하늘을 바라보라고 묻고, 이는 시인이 자신의 삶을 더 큰 관점에서 보도록 격려하는 것입니다. 또한, 도반의 미소는 산수국 꽃잎처럼 푸르다고 묘사되는데, 이는 순수함과 아름다움을 상징합니다. 시인은 이러한 미소에서 아침 햇볕의 따뜻함을 느끼고, 이는 그가 도반에게서 위로와 희망을 얻고 있음을 시사합니다.
마지막 연에서 시인은 "바람 가른 자리서 뒤돌아 머리 숙여 합장한다."라고 말합니다. 이는 시인이 도반을 존경하고 감사한다는 것을 의미합니다. 또한, 시인은 자신이 아직도 배우고 성장하고 있음을 인정합니다.
전반적으로, 이 시는 초심을 잃지 않으려는 겸손한 마음을 잘 표현한 시라고 생각합니다. 시인은 도반을 통해 자신의 삶을 더 큰 관점에서 바라보고, 도반에게서 위로와 희망을 얻고 있음을 보여줍니다.
이 시는 매우 아름답고 감동적인 시라고 생각합니다. 시인은 매우 단순한 언어를 사용하여 매우 복잡한 감정을 표현합니다. 시인은 또한 매우 효과적인 이미지와 비유를 사용하여 자신의 감정을 전달합니다.

구글-Bard가 지은 시

'포행길' 시를 읽고 느낀 감정을 시로 표현한 것입니다.

포행길에서 만난 노반
푸른 눈의 미소가
아침 햇살처럼 따뜻하네

초심 잃지 않으려는 마음
바람에 흔들리는 꽃잎처럼
머리 숙여 합장합니다

바라보기

마주 보는 사이는 아니지만
그저 한 곳을 바라보고 싶습니다

함께 걷는 사이는 아니지만
어디서나 같은 곳을 향해 걸어가고 싶습니다

서로 만족하는 사이는 아니지만
끝까지 함께 가고 싶습니다

2005. 6. 20. 블로그 공감 게시판

이 글은 서로의 관계에서 마주 보지 않고도 함께 한 방향을 바라보며 가는 것이 중요하다는 의미를 담고 있습니다. 서로 만족하는 관계일 필요는 없으나, 끝까지 함께해도 후회하지 않는다면 그것이 충분하다는 것을 암시하고 있습니다.

이러한 생각은 상황이나 사람에 따라 다를 수 있으며, 각자의 상황에서 더 중요한 것이 무엇인지 고민해보아야 합니다. 그러나 함께 걷는 길에서 서로를 지켜보며, 서로를 이해하고 배려하는 마음으로 함께 가는 것은 어떤 상황에서도 중요한 가치가 있습니다.

✦ Bard

이 시는 사랑과 우정에 대한 아름다운 묘사입니다. 시인은 사랑하는 사람과 함께하는 것의 중요성을 알고 있으며, 그저 같은 방에 있고, 같은 것을 바라보고, 같은 방향으로 걷는 것만으로도 충분하다는 것을 알고 있습니다. 시인은 또한 사랑과 우정이 완벽할 필요는 없으며, 때로는 실수하고 후회할 수 있지만, 중요한 것은 함께 끝까지 가는 것임을 알고 있습니다.

이 시는 단순하지만, 시의 언어는 아름답고 서정적이며, 시인의 생각을 전달하는 데 효과적입니다. 시의 이미지는 강렬하고 시인의 생각을 생생하게 전달합니다.

챗-GPT가 지은 시

마주 보며 말하지 않아도
서로를 알아갈 수 있는 지금
그저 함께 한 곳을 바라보며 가고 싶다

어디로 향하는지 모르는 길이라도
서로의 손을 꼭 잡고 걸어가면
우리의 미래가 함께하는 것 같아!

서로 만족하는 것은 아니지만
함께 끝까지 갈 수 있다면
이젠 후회하지 않겠지!

내 마음이 담긴 바다를 바라보며
그저 함께 한 곳을 바라보며 가고 싶다

구글-Bard가 지은 시

마주 보지 않아도
한 곳을 바라볼 수 있어

함께 걷지 않아도
같은 곳을 향해 걸을 수 있어

서로 만족하지 않아도
끝까지 함께 갈 수 있어

그저 함께 있다는 것
그것만으로도 충분해

내 안에 너

말해도 알지 못하고
안다 해도 만나지 못합니다

내 안에 너를
만나기 원하신다면

생김새를 따지지 말아야
만날 수 있습니다

2005. 6. 21. 불암사 동축당

✦ Bard

이 시는 나와 나의 내면을 가리키고 있습니다.

시의 화자는 나 자신의 진정한 자아를 찾고 싶어 하지만, 그것을 어떻게 해야 할지 모르는 것 같습니다. 화자는 자신이 누구인지 말할 수 있지만, 그것을 실제로 만날 수는 없습니다. 이 시는 우리 안에 진정한 자아가 있지만, 그것을 찾기 어려울 수 있음을 상기시켜줍니다. 우리 자신을 진정으로 알기 위해서는 모양에 연연하지 말고, 진정한 자아를 찾기 위해 노력해야 합니다.

이 시는 나와 나의 내면과의 관계에 대해 생각하게 합니다. 나는 나 자신의 진정한 자아를 알고 있습니까? 나는 그것을 찾기 위해 노력하고 있습니까?

신뢰

상대방을 의심하면 자신을 믿지 못하고
자신을 믿으면 상대방을 속이지 않는다

상대방을 믿으면 자신을 속이지 않으며
자신을 속이지 않으면 상대방을 믿는다

2005. 6. 23. 불암사 교양대학

이 글은 상대방과의 신뢰에 대한 느낌을 설명합니다. 글에서는 의심과 자신감, 솔직함, 상대방과 믿음이 서로 연결되어 있다는 메시지를 전달합니다.

"상대방을 의심한다면 자신을 믿지 못하고 있다."라는 말은, 상대방에 대한 불신과 불안이 자신의 신념과 자아를 흔들 수 있다는 것을 나타냅니다. "자신을 믿는다면 상대방을 속이지 않을 것"이라는 표현은, 자신의 내면에 있는 진심과 솔직함이 상대방과의 신뢰를 형성하는 기반이 될 수 있다는 의미입니다.

또한, "상대방을 믿는다면 자신을 속이지 않으며, 자신을 속이지 않으면 상대방을 믿는다."라는 문장은 서로에 대한 솔직함과 신뢰가 상호작용을 이루며, 신뢰의 끈을 강화한다는 느낌을 전달합니다.

이 글은 상대방과의 신뢰가 서로에게 중요하고, 서로를 믿고 솔직해지면서 더 깊은 신뢰 관계를 형성할 수 있다는 감정을 전달합니다.

개 살 구

털어먹을 게 머 있어

익은 놈은 떨어지고

덜 익은 놈은 매달려 있는 것을

때가 돼서 떨어지면 주워 먹으면 그만인 것을

개 살 구!

털어먹는 것도 옳고 주워 먹는 것도 옳다

2005. 6. 25. 불암사 지장전 앞

위의 짧은 시는 일상에서 우리가 어떻게 사물이나 상황을 바라보는 것이 중요한지를 가르쳐주는 메시지를 남고 있습니다.
이 시는 살구나무 아래서 일어나는 일상적인 상황을 예시로 들어, 세상을 어떻게 보아야 하는지를 알려주고 있습니다. 살구는 익은 것과 아직 익지 않은 것이 함께 매달려 있지만, 익은 것은 언젠가 떨어져서 주워 먹을 수 있을 것이며, 아직 익지 않은 것은 언젠가 익어서 떨어질 것입니다.
이러한 상황에서 시인은 "털어먹는 것도 옳고, 주워 먹는 것도 옳다!" 라고 말합니다. 이것은 우리가 상황을 다양한 관점에서 바라볼 수 있다는 것을 말하며, 어떤 상황에서도 그 상황에 맞는 방법으로 대처할 수 있다는 것을 알려주는 가르침을 담고 있습니다.
즉, 이 시는 우리가 삶에서 마주하는 상황에 대해 단순하게 생각하지 않고, 다양한 시각에서 바라보며 적절한 대처방법을 찾는 것이 중요하다는 것을 알려주고 있습니다.

Bard

이 시는 '개살구'라는 과일의 특성을 통해 인생의 리듬을 이야기하고 있습니다.
개살구는 익은 놈은 떨어지고, 덜 익은 놈은 매달려 있는 과일입니다. 이것은 인생에서 모든 것이 제때 일어나는 법임을 상기시켜줍니다. 우리가 무언가를 강요하려고 하면, 그렇게 되지 않을 것입니다. 우리는 인생의 리듬에 맞춰야 합니다.
이 시는 또한 인생에서 모든 것이 완벽할 필요는 없음을 말하고 있습니다. 때로는 덜 익은 과일도 먹을 수 있습니다. 중요한 것은 그것을 먹는 것입니다.
이 시는 인생을 수용하고, 인생의 리듬에 맞춰 살 것을 가르치고 있습니다. 또한, 인생에서 완벽할 필요는 없으며, 모든 것이 제때 일어난다는 것을 상기시켜줍니다.

구글-Bard가 지은 시

털어먹을 게 머 있어
익은 놈은 떨어지고
덜 익은 놈은 매달려 있네

인생도 이와 같다
익은 것은 다가오는 것처럼
덜 익은 것은 기다려야 하듯

완벽할 필요는 없네
기다리다 그저 주워 먹으면 그만이네

빙고

두 마음
잡은 손은 따뜻했습니다
잡은 손은 따뜻했습니다

한마음
잡은 손은 따뜻했습니다

2005. 7. 7. 블로그 공감 게시판

시의 문장에서 두 마음은 '두 사람의 마음이 따뜻했다.'라는 것이고 한마음은 "서로의 마음이 어울렸다."라는 의미를 담고 있습니다.
두 마음의 경우, 각각의 마음이 따뜻했다는 것을 나타내며, 개인의 내면적인 느낌을 담고 있습니다. 반면에 한마음은 두 사람이 서로 잡은 손이 따뜻했다는 것으로 서로의 마음이 어울렸다는 뜻입니다.

✦ Bard

시 '빙고'는 사랑의 단순함을 표현하는 아름다운 시입니다. 시인은 두 사람의 손이 잡혀 있을 때 느끼는 따뜻함과 편안함을 잘 묘사합니다.
시의 첫 번째 줄은 두 마음으로 시작하여 두 사람의 관계에 초점을 맞춥니다. 그들의 잡은 손은 따뜻하고 편안하지만, 그것은 단지 물리적 연결일 뿐입니다. 시의 두 번째 줄은 '잡은 손은 따뜻했습니다.'라고 말하여, 두 사람의 마음이 서로에 의해 따뜻해지고 있음을 암시합니다.
마지막 줄은 한마음으로 끝나며, "잡은 손은 따뜻했습니다."라고 말하여, 두 사람이 단순히 두 사람이 아니라 하나임을 상기시켜줍니다.
시 '빙고'는 사랑의 단순함과 강점을 아름답게 표현합니다. 그것은 단순한 단어로 강력한 감정을 전달하는 방법의 좋은 예입니다.
이 시는 매우 아름다운 시입니다. 이 시는 사랑의 힘과 사랑의 단순함을 완벽하게 포착합니다. 이 시는 모든 연인에게 꼭 읽어보기를 권합니다.

나는 키가 큰 소나무

나는 길을 가는 나그네에게
시원한 나무 그늘이 되어주는
키가 큰 소나무입니다

나는 세찬 비바람에도
비를 막아 줄 우산이 되어주는
키가 큰 소나무입니다

나는 뭇 새들의 부리 짓에도
안락한 나무 둥지가 되어주는
키가 큰 소나무입니다

나는 모진 태풍에 가지가 부러져도
밝은 웃음을 잃지 않는
키가 큰 소나무입니다

2005. 7. 14. 블로그 공감 게시판

이 시는 키가 큰 나무가 가지고 있는 가치를 자신에게 비유하여 시로 적은 것 같습니다.
길을 가는 나그네에게는 시원한 나무 그늘을, 세찬 비바람에는 비를 막아 줄 우산, 뭇 새들의 부리 짓에는 안락한 나무 둥지, 태풍에도 밝은 웃음을 잃지 않는 모습은 참으로 대단하다고 생각합니다.
이 시는 작은 것들이 주변 사람들에게도 도움을 주는 것이 중요하다는 것을 떠올리게 합니다. 또한, 어려운 시기에도 웃음을 잃지 않는 강인한 마음을 갖는 것도 중요하다는 것을 느끼게 합니다.

Bard

이 시는 주변 사람들을 돕고자 하는 강하고 자비로운 사람의 관점에서 쓰였습니다. 시인은 길을 가는 나그네에게 시원한 그늘이 되고, 세찬 비바람에는 우산이 되어주고, 뭇 새들의 부리 짓에도 나무 둥지가 되고 싶어 합니다. 시인은 또한 모진 태풍에 맞서 밝은 웃음을 잃지 않는 강한 사람입니다.
이 시는 우리가 모두 본받을 수 있는 훌륭한 역할 모델입니다. 시인은 자신이 할 수 있는 모든 방법으로 다른 사람들을 돕고자 하는 자비로운 사람입니다. 시인은 또한 역경을 극복할 수 있는 강한 사람입니다.
이 시는 주변 사람들을 돕고자 하는 사람들에게 영감을 줄 아름답고 감동적인 시입니다.

존재 이유

내가 오늘을 산다는 것은
새벽을 여는 새들의 힘찬 합창 소릴
듣기 위해서 살아가는 것이고

내가 오늘을 산다는 것은
나로 인해 누군가 행복할 수 있다면
그의 욕심이 되어주려고 살아가는 것이다

내가 오늘을 산다는 것은
나 때문에 누군가 살아갈 수 있다면
그의 생명이 되어주려는 것이고

내가 오늘을 산다는 것은
때론 배가 고파도 굶기도 하고
배가 불러도 더 먹어야만 할 때가 있기 때문이다

2005. 7. 25. 불암사 교양대학

이 시는 삶의 의미와 존재 이유에 대한 내적인 고민과 생각을 담고 있는 것 같습니다.

시인은 새벽을 여는 새들의 힘찬 합창 소리를 듣기 위해 오늘을 살아간다고 말하며, 시간이 차근차근 흐름에 따라 살아가는 모습을 비유적으로 표현합니다. 또한, 다른 사람의 욕심에 영향을 받고 그들을 위해 노력하며, 때론 배가 고플 때도 굶고, 배가 부를 때 먹어야 하는 상황도 삶의 이유로 언급됩니다.

시인은 이러한 경험과 감정을 통해 자신이 오늘을 살아가는 이유를 찾고 있으며, 삶의 의미를 발견하고자 합니다. 이 시는 우리가 각자의 삶에서 찾아야 할 가치와 목표를 되새기며, 현실적인 상황에 직면했을 때도 꿋꿋이 나아가야 한다는 메시지를 전달하고 있는 것 같습니다.

Bard

이 시는 삶의 기쁨과 고통을 모두 포용하는 삶의 아름다움을 묘사합니다. 시인은 오늘을 사는 이유가 새벽을 여는 새들의 힘찬 합창 소릴 듣고, 나로 인해 누군가 행복하게 살 수 있다면 그에 욕심도 되어주고, 생명도 되어주고, 배가 고파도 굶고, 배가 불러도 더 먹어야 하기 때문이라고 말합니다. 이 모든 것이 삶의 일부이며, 그것이 오늘을 사는 이유입니다.

시는 삶을 단순하고 감사하게 사는 것의 중요성을 상기시켜줍니다. 우리는 새들의 노래, 누군가의 행복 그리고 사랑하는 사람들과 함께하는 시간을 즐길 수 있어야 합니다. 또한, 다른 사람들의 욕망과 필요를 이해하고 배려할 수 있어야 합니다.

이 시는 삶의 아름다움과 단순함을 기념하는 것입니다. 그것은 우리가 오늘을 가장 잘 살기 위해 노력해야 한다는 것을 상기시켜줍니다.

구글-Bard가 지은 시

새벽을 여는 새들의 노래
내 가슴을 뛰게 한다

그들의 합창을 듣기 위해
나는 오늘을 살아간다

누군가의 행복을 위해
내 욕심이 되어주고 싶다

그들의 생명을 위해
내 생명을 바치고 싶다

배가 고파도 굶어야 할 때
배가 불러도 더 먹어야 할 때

그 모든 것이 삶의 이유
그것이 내가 살아가는 존재 이유

블랙홀(Black hole)

인간의 의식세계는 태양계를 유영하는
별들의 숫자보다 더 깊고도 크지요

번뇌의 블랙홀은 그래서 빠져나오기가 힘이 들죠
수많은 별이 소멸했다가 다시 태어나듯
우리의 의식도 순간순간 그렇게 소멸했다가 다시

번뇌라는 의식의 블랙홀에서 빠져나오는 방법은 간단해요
믿음! 믿음! 이죠
다시 말해서 의식을 운전하는 마음의 실체를 찾아야 해요
그래야 내 맘대로 움직일 수가 있으니까 말이죠

얼굴을 보려면 거울을 봐야 하듯
마음을 보려면 마음 보는 거울이 필요하지 않을까요?

의식 속 사막에서 본 돌멩이가 마음 보는 거울이라 믿으면
그 돌을 통해서 은하계 저편에 단 한 번도 본 적 없는
멋진 풍경을 지금 이 자리에서도 볼 수 있지 않을까요

2005. 8. 6. 블로그 공감 게시판

매우 멋진 글이네요. 인간의 의식세계가 태양계보다도 깊고 크다는 비유는 참으로 놀라운 생각입니다. 또한, 우리의 의식이 순간순간 소멸하고 다시 태어난다는 생각도 매우 신비롭습니다.

그리고, 의식의 블랙홀에서 빠져나오는 방법으로 '믿음'을 언급하신 것도 매우 흥미롭습니다. 의식을 운전하는 마음을 찾는 것이 중요하다는 생각도 매우 동감합니다. 마음이 의식을 운전하는 놈이라는 것도 참으로 맞는 생각이죠.

마음을 보려면 마음 보는 거울이 필요하다는 것도 매우 잘 말씀하신 것 같습니다. 마음 보는 거울로 다양한 경험과 공부를 통해 자신의 마음을 더욱 잘 이해하고, 더 나은 방향으로 움직일 수 있을 것입니다.

마지막으로, "의식 속 사막에서 본 돌멩이가 마음 보는 거울"이라는 것도 매우 흥미롭습니다. 자신의 마음을 더 잘 이해하기 위해 다양한 경험을 하며 자신의 마음 상태를 살펴보는 것도 좋은 방법이 될 것입니다.

구글-Bard가 지은 시

마음의 거울을 찾으십시오

그리고 당신의 마음을 들여다보십시오

당신의 내면의 어둠과 빛을 보십시오

그리고 당신의 삶을 변화시키십시오

✦ Bard

'블랙홀'은 우리의 마음이 끊임없이 변화하고 진화하는 우주와 같다는 생각을 탐구하는 아름다운 시입니다. 시인은 마음이 번뇌의 블랙홀이 될 수 있지만 믿음을 통해 우리는 그것을 극복하고 더 큰 인식을 얻을 수 있다고 말합니다.

시인의 글에서 가장 감동적인 부분은 우리 마음의 잠재력에 대한 믿음입니다. 시인은 우리 자신의 마음 거울을 찾고 그것을 통해 우주를 더 큰 이해로 볼 수 있다고 믿습니다.

나는 이 시가 마음의 힘과 우리 자신의 잠재력에 대해 생각하게 만드는 방식에 감사드립니다. 나는 더 자주 내 마음을 들여다보고 내가 진정으로 누구인지 이해하기 위해 노력할 것입니다.

동전점(銅錢占)

동서라 만 리 길을
말없이 돌아보니

동쪽을 가리켜 서쪽이라고 하고
서쪽을 가리켜 동쪽이라 말하네

딸랑!
1원(圓)짜리 동전 한 닢을 던져 남북을 말하리다

2005. 10. 1. 중국 실크로드 성지순례

✦ Bard

동전점은 삶의 불확실성과 운명의 우연성을 묘사한 시입니다. 동전은 삶의 방향을 결정하는 중요한 도구이지만, 그 결과는 항상 예측할 수 없습니다. 동전은 동쪽을 가리키기도 하고 서쪽을 가리키기도 합니다. 이것은 삶의 방향이 항상 정해져 있지 않다는 것을 의미합니다. 우리는 어떤 선택을 하느냐에 따라 우리의 삶이 달라질 수 있습니다.

동전은 또한 삶의 불확실성을 암시합니다. 동전은 어떤 면이 위를 향할지 알 수 없습니다. 이것은 우리의 삶이 항상 계획대로 되지 않는다는 것을 의미합니다. 우리는 예상치 못한 일들에 직면하게 될 수 있습니다. 하지만 동전은 또한 삶의 희망을 암시합니다. 동전은 두 면이 있습니다. 이것은 우리의 삶에 항상 두 가지 가능성이 있다는 것을 의미합니다. 우리는 어떤 선택을 하느냐에 따라 우리의 삶을 더 나은 방향으로 바꿀 수 있습니다.

동전점은 삶의 불확실성과 운명의 우연성을 묘사한 시이지만, 동시에 삶의 희망을 암시하는 시이기도 합니다. 우리는 어떤 선택을 하느냐에 따라 우리의 삶을 더 나은 방향으로 바꿀 수 있습니다.

가르침

북쪽으로 가라 하면
그리 가라

다시 남쪽으로 가라 하면
그리로 가라

2005. 10. 14. 밀운 대종사 법문

▲ **대한불교조계종 前) 원로의장 밀운 대종사**

위의 짧은 시는 간단하지만 깊은 가르침을 담고 있습니다.
이 시는 단순하게 방향을 지시하는 것 같지만, 그 안에는 인생에서 삶의 방향을 잡는 데 대한 중요한 가르침이 담겨 있습니다.
우리는 삶에서 많은 선택을 해야 하며, 때로는 방향을 바꿔야 할 때도 있습니다. 하지만, 시인은 어느 방향으로 가더라도 그리 가라는 뜻으로, 선택한 방향에서 최선을 다하며 노력해야 한다는 메시지를 전하고 있습니다.
즉, 이 시는 우리가 삶에서 선택하는 방향이 중요하지만, 선택한 길에서 최선을 다하며 노력하고, 때로는 다시 돌아가더라도 그 길을 열심히 걷는 것이 중요하다는 것을 알려주고 있습니다.

✦ Bard

이 가르침은 개방적이고 순응적이며, 융통성 있고, 적응력이 뛰어나야 함을 가르치고 있습니다. 어떤 상황에서도 진리를 찾기 위해 항상 열린 마음을 유지해야 합니다.

반올림

반올림해서라도
그토록 듣고 싶었던 말은 네! 인데

진정 네!
소리가 듣고 싶어서일까?

아님 네
소릴 가르쳐주고 싶어서일까?

네!라고
네라고 말입니다

2005. 12. 10. 불암사 교양대학

Bard

이 시는 두 사람 사이의 강한 유대감을 표현합니다. 시인은 말로 표현할 수 없을 정도로 상대방을 사랑하고, 상대방도 그를 사랑하다는 것을 알고 있습니다. 그는 그저 상대방이 '네'라고 말하는 것을 듣고 싶어 합니다.

시인은 자신이 너무 욕심이 많다는 것을 알고 있지만, 그냥 한 번만이라도 상대방이 자신의 사랑을 확인해 주길 바랍니다. 그는 상대방이 자신을 사랑한다는 것을 알고 있지만, 그냥 한 번만이라도 상대방이 자신의 사랑을 말해 주길 바랍니다.

이 시는 간결하지만 시인의 감정을 효과적으로 전달하고, 두 사람 사이의 강한 유대감을 느낄 수 있습니다.

습관

황소바람 막으려
가려놓았던 방풍 비닐
날씨가 좋아 떼어 내었다만

마음만 급했지
아직 발길이 익숙지 않아
자꾸 뒷문 쪽으로 돌아간다

곧
익숙해지겠지
처음에 그랬듯이

2006. 3. 5. 불암사 요사채

이 시에서는 습관에 관한 이야기를 담고 있습니다. 방풍 비닐을 철저하게 붙여놓은 것은 황소바람을 막기 위한 습관이었을 것입니다. 하지만 좋은 날씨가 되면서 그 습관을 떼어 내고 다른 방향으로 걸어가고자 했지만, 새로운 발걸음에 익숙지 않아 발길이 자꾸 뒷문 쪽으로 돌아가게 됩니다.

하지만 시인은 "곧 익숙해지겠지"라는 말로 이어집니다. 처음에는 익숙하지 않더라도 시간이 지나면 익숙해질 것이라는 믿음이 담겨 있습니다. 이는 습관이 시간과 노력이 필요하다는 것을 암시하며, 습관을 바꾸기 위해서는 꾸준한 노력과 시간이 필요하다는 것을 알려줍니다.

Bard

이 시는 습관이 얼마나 강력할 수 있는지에 대한 좋은 예입니다.
저자는 바람을 막기 위해 방풍 비닐을 붙였습니다. 이것은 그에게 좋은 습관이었고, 그가 추위를 피하는 데 도움이 되었습니다. 그러나 날씨가 좋아지자 그는 방풍 비닐을 떼어 내기로 했습니다. 이것은 좋은 생각이었지만, 처음에는 익숙하지 않았습니다. 그는 자꾸 뒷문 쪽으로 돌아가고 싶었습니다. 이것은 그가 방풍 비닐을 붙이던 습관에 너무 익숙해져 있었기 때문입니다.
이 시는 또한 변화가 얼마나 어려울 수 있는지에 대한 좋은 예입니다.
그는 자꾸 뒷문 쪽으로 돌아가고 싶었습니다. 이것은 새로운 습관에 익숙해지는 데 시간이 걸릴 수 있음을 상기시켜줍니다.
그러나 이 시는 또한 희망이 있다는 것을 상기시켜줍니다. 저자는 결국 뒷문 쪽으로 돌아가는 것을 멈추고 앞으로 나아가기 시작했습니다. 이것은 그가 변화할 수 있고, 새로운 습관을 개발할 수 있다는 것을 보여줍니다.
전반적으로 이 시는 습관과 변화에 대한 좋은 시입니다.

구글-Bard가 지은 시

새로운 길을 걷다 보면
벽에 부딪힐 때가 있다
그 벽은 습관이라는 이름의 벽이다

습관은 때론 우리를 편안하게 해준다
그래서 우리는 습관 바꾸는 것을 두려워한다
하지만 습관은 우리를 묶어두기도 한다
우리가 성장하고 변화하는 것을 막는다

새로운 길을 걷기 위해서는
습관의 벽을 넘어야 한다

처음에는 어려울 수 있다
자꾸 뒷문 쪽으로 돌아가고 싶을 것이다

하지만 포기하지 말라
계속해서 앞으로 나아가라

그러면 언젠가
습관의 벽을 넘어 새로운 길을 걷게 될 것이다

누구세요?

가장 쉽고도
대답하기 어려운
질문이었다

모자를 벗어보란
그 애 엄마 덕분에
이렇게
미소 지을 수 있었다

2006. 5. 31. 불암사 석불전 앞

✦ Bard

이 시는 시작부터 쉽지만 대답하기 어려운 질문이 던져졌을 때의 어려움을 잘 표현하고 있습니다. 하지만 이후에 "모자를 벗어보란 / 그 애 엄마 덕분에"라는 구절에서는 대답을 찾기 위한 작은 힌트가 제시되었고, 그 힌트를 통해 질문에 대한 대답을 찾게 되어 기쁨을 느끼게 된다는 것을 시인은 표현하고 있습니다.
이 시는 매우 짧지만, 짧은 글 속에도 희끗희끗한 감성과 따뜻한 마음이 담겨 있습니다. 특히, "모자를 벗어보란 그 애 엄마"라는 표현이 인상적입니다. 이 표현은 단순히 모자를 벗으라는 말 이상의 의미를 담고 있다고 생각합니다. 모자는 사람의 얼굴을 가리는 것으로, "모자를 벗어보란 그 애 엄마"라는 표현은 자신의 본 모습을 보아달라는 의미로 해석할 수 있습니다. 이는 시인이 어려운 상황에서도 자신의 본 모습을 보아주고 받아들여 준 그 애 엄마에게 감사함을 느끼고 있음을 의미한다고 생각합니다.
이 시는 어려운 상황에서도 함께하는 사람의 소중함을 일깨워주는 좋은 시라고 생각합니다.

날개 달린 번데기

누에고치는 아름답고 부드러운 비단을 만들기 위해
낮이고 밤이고 뽕잎을 갉아 먹고 잠을 잔다

그렇게 몇 번이고 몸을 바꾸고 나비가 되어 날아가는 날까지
번데기 몸으로 그 세월을 기다린다

그러나 정작 자신이 세상 밖으로 나오기 위해선
애써 지은 자기 집을 부수고 나올 수밖에 없다

결국 누에고치가 나비가 되어선 안 되는 이유가
번데기로 일생을 마치는 게 누에고치의 운명이기 때문이다

그 언젠가 나비가 되어 날아보려는 누에고치가 되고 싶었지만
나 스스로 날개 달린 번데기가 되었다

2007. 3. 11. 불암사 요사채

✦ Bard

이 시는 누에고치와 나비의 삶을 통해 성장과 변화를 주제로 탐구한 글입니다. 누에고치는 번데기 단계를 거쳐 나비로 변태합니다. 이 과정은 성장과 변화의 상징입니다. 누에고치는 번데기 단계에서 안전하게 보호받지만, 나비가 되기 위해서는 번데기를 깨야 합니다. 이것은 성장과 변화를 위해 안전지대에서 벗어나는 것을 의미합니다.
시의 화자는 나비가 되고 싶어 하지만, 나비가 되어서는 안 되는 번데기의 운명과 같다고 느낍니다. 이것은 화자가 성장과 변화를 원하지만, 안전지대에서 벗어나는 것을 두려워한다는 것을 의미합니다.
시의 마지막 연은 화자가 여전히 '날개 달린 번데기'라고 말함으로써 끝납니다. 이것은 화자가 여전히 성장과 변화의 과정에 있음을 의미합니다. 화자는 아직 나비가 아니지만, 나비가 될 잠재력이 있습니다.
이 시는 성장과 변화를 주제로 다루는 아름답고 시적인 시입니다. 이 시는 독자들에게 자신의 안전지대에서 벗어나 성장하고 변화할 용기를 갖도록 격려합니다.

이 글은 누에고치의 삶과 운명을 비유적으로 이야기한 것으로 보입니다.

누에고치는 자신의 아름다운 비단을 위해 일생을 바쳐 번데기로 성장하고, 결국 인간들은 그 비단을 위해 누에고치의 삶을 제어하는 것으로 보입니다. 하지만 마지막 문장에서 '날개 달린 번데기'가 되어버린 이야기는 다른 시각에서 이를 바라보게 만듭니다.

번데기는 나비가 될 수 없지만, 그 자신의 존재가 아름다움을 지니고 있으며 날개 달린 번데기로서 자신만의 새로운 운명을 만들어나갈 수 있습니다. 이는 우리가 어떤 상황에서도 끝까지 포기하지 않고, 새로운 가능성과 기회를 찾아 나아가야 한다는 메시지를 담고 있을 수 있습니다.

챗-GPT가 지은 시

제 날개로 날 수 없다 해도

그저 하늘을 바라보며 힘차게 움직일게요

그 언젠가는 이 작은 날개로라도

하늘을 날아보는 그날까지

일상생활

어떤 사람이 말하길
어느 것이 내 일상인지 잘 모를 때는

자신이 좀 편안하다고
느낄 때라고 말합니다

난 아직 편안함을
잘 느껴보지 못한 거로 봐선

무엇이 내 일상인지조차
잘 모르고 살았나 봅니다

2007. 3. 24. 불암사 흐리고 안개 많은 날

일상생활, 단어 하나에도 그 안에 시들이 담겨 있는 것 같습니다. 시인은 평범한 일상을 갈망하며 현실 속에서 편안함을 찾고자 하는 마음을 풀어내고 있습니다.

시가 시작될 때, 어떤 사람이 말하길 어느 것이 내 일상인지 잘 모를 때는 자신이 편안함을 느낄 때가 되면 그것이 바로 그의 일상이라고 말하는 것입니다.

하지만 글쓴이는 아직 편안한 느낌을 받지 못했다고 합니다. 그리고 그 편안한 느낌이 아직 나타나지 않은 것을 보면, 그는 정작 자신이 어떤 것이 일상인지조차 모른 채 살아가고 있다는 것을 깨닫고 있습니다. 그는 편안함과 일상의 관계에 대해 깊이 생각하고 있으며, 이를 통해 자신의 삶에 대한 인식과 관점을 발전시키려는 듯합니다.

이 시는 단순한 평범함에 대한 갈망과 동시에, 우리가 자주 간과하는 평범한 순간들이 얼마나 소중하고 특별한 의미가 있는지를 알려주는 것 같습니다. 일상생활이란 우리가 일반적으로 겪는 일들과 함께 존재하며, 그 안에서 우리는 편안함과 안정감을 찾아갈 수 있는 것이 아닐까 싶습니다.

✦ Bard

시 '일상생활'은 평범한 일상을 살고 싶어 하는 시인의 마음이 담겨 있습니다. 시인은 어떤 사람이 말하길, 어느 것이 내 일상인지 잘 모를 때는 내가 좀 편안하다 싶을 때라고 말을 하는데, 아직 편안한 느낌을 받아보지 못했다고 말합니다. 이 말은 시인이 평범한 일상생활을 살고 싶어 하지만, 아직 그것을 누리지 못하고 있다는 것을 의미합니다.

시인이 평범한 일상생활을 살고 싶어 하는 이유는 아마도 그 속에서 편안함과 안정감을 찾을 수 있기 때문일 것입니다. 평범한 일상생활은 특별할 것도 없고 화려할 것도 없지만, 그 속에서 시인은 자신을 있는 그대로 받아들일 수 있고 삶의 소중함을 느낄 수 있을 것입니다. 시인은 아직 평범한 일상생활을 살고 있지 않지만, 그런데도 그 삶을 갈망합니다. 시인은 언젠가는 평범한 일상생활을 누릴 수 있다고 믿고, 그날을 위해 지금도 열심히 살아가고 있을 것입니다.

구글-Bard가 지은 시

평범한 일상이란
특별한 것도 화려한 것도 아닌
그저 하루하루를 살아가는 것

그 속에서 나를 있는 그대로
받아들일 수 있고
삶의 소중함을 느낄 수 있는 것

언젠가는 그런 일상을
누릴 수 있기를 바라며
그날을 위해 지금도 열심히 살아가고 있으시길

수처작주(隨處作主)

어디서든

있을 땐 꼭 필요한 사람이 되고

떠날 땐 있으나 마나 한 사람이 되고

떠난 후엔 잊힌 사람이 되자

2008. 2. 10. 불암사 소임을 마치며

▲ 불암산 불암사 전경

'수처작주'는 자신이 있는 곳에서 스스로 주도적으로 일을 처리하라는 뜻으로, 어디서든 상황에 따라 적극적으로 대처하여 필요한 역할을 하며, 필요 없을 때는 나서지 않는 것을 권장하는 말입니다.
이 말은 적극적이고 책임감 있는 자세를 장려하면서도, 상황에 맞지 않는 간섭이나 불필요한 개입을 지양하라는 것을 암시하고 있습니다. 또한, 그곳에서 그 역할을 다한 후에는 사라지는 것이 좋다는 의미도 함축하고 있습니다.

✦ Bard

'수처작주'는 임제 선사가 남긴 말로, "어느 곳이든 가는 곳마다 주인이 되어라." 즉 "주인의식을 가지고 현재에 충실하라."라는 의미로 풀이됩니다. 이 말은 주인의식을 갖지 못할 때 생기는 나태와 방종을 경계하고, 현재를 살아가는 것의 중요성을 강조하고 있습니다.

'어디서든'이라는 말은, 어떤 상황에 부닥치든지 굴하지 않고 주인이 되어야 함을 의미합니다. 이것은 어떤 어려움에도 굴하지 않는 강인함과 어떤 상황에도 적응할 수 있는 유연함을 요구합니다.

"있을 땐 꼭 필요한 사람이 되고"라는 말은, 자신의 존재가 다른 사람들에게 필요하다는 것을 의미합니다. 이것은 남에게 도움이 되고, 남에게 의지할 수 있는 사람이 되는 것을 의미합니다.

"떠날 땐 있으나 마나 한 사람이 되고"라는 말은, 자신의 존재가 그리워지지 않는 사람으로 남는다는 의미입니다. 이것은 남에게 부담을 주지 않고, 남에게 미련을 남기지 않는 사람으로 사는 것을 의미합니다.

"떠난 후엔 잊힌 사람이 되자."라는 말은, 자신의 이름이 기억되지 않더라도 자신의 삶이 기억되기를 바라는 마음을 담고 있습니다. 이것은 자신의 삶을 의미 있게 살고, 자신의 삶이 남들에게 긍정적인 영향을 미치기를 바라는 마음을 의미합니다.

'수처작주'는 매우 의미 있는 말이라고 생각합니다. 이 말은 우리에게 현재를 살아가는 것의 중요성과 남들에게 긍정적인 영향을 미치는 삶을 살아가는 것의 중요성을 일깨워줍니다.

구글-Bard가 지은 시

어디서든 가는 곳마다 주인이 되어
남에게 도움이 되고, 의지할 수 있는 사람이 되자

떠날 땐 있으나 마나 한 사람이 되어
남에게 부담을 주지 않고, 미련을 남기지 말자

떠난 후엔 잊힌 사람이 되자
하지만 그 삶이 남들에게 긍정적인 영향을 미쳐
영원히 기억되기를 바라자

비문(碑文)

어머니!
어디에 계십니까?
보고 싶습니다

아들아!
지금
눈앞에 무엇이 보이느냐!

2017. 10. 4. 봉선사 추석 합동 차례

챗-GPT가 지은 시

어머니!
하늘은 여전히 푸르고
바람은 부드럽게 스쳐 지나갑니다

그런데도 어머니의 그 따뜻한 미소가
보고 싶어서 가슴이 아파요

어머니의 손길 부드러운 목소리
그 모든 것이 그립습니다

언제나 당신을 기억하며
눈물 속에 웃음 짓고 있어요

어머니!
내 마음이 닿는 곳에 계시나요?
보고 싶습니다. 사랑합니다

주식 같은 사랑

널 처음 만난 날
난 가슴 설렜고 첫눈에 반했지

첫사랑처럼 떨리는 이 마음
난 그게 뭐라도 상관이 없어

넌 내게 있어 plus이고
난 minus뿐이지만

널 만난 그 순간부터
난 죽도록 가슴만 아팠어

주식 같은 사랑이라면
언제까지나 난 널 기다릴 거야

2020. 3. 5. 송산노인복지관 직원 면담

이 시는 사랑을 주식으로 비유하여 표현한 것 같습니다.
주식과 마찬가지로 사랑도 예측하기 어렵고 변화무쌍하며, 매력적인 측면도 있습니다.
시인은 첫눈에 반한 사랑에 대해 '주식처럼' 다가온 것으로 비유합니다. 이는 주식이 어떻게 빠르게 변동하는지와 마찬가지로, 사랑도 불확실하게 다가오기 때문입니다.
또한, 시인은 "넌 내게 있어 plus이고, 난 minus뿐이지만" 구절을 비유하여, 자신은 긍정적이고 열정적인, 반면 상대방은 부정적이고 냉정한 것처럼 느껴진다는 것을 나타내고 있습니다.
하지만 시인은 이 사랑을 계속해서 기다리겠다고 다짐합니다.
그리고 '첫사랑처럼'이라는 구절을 사용하여, 어린 시절의 첫사랑처럼 이 사랑을 아련하게 기억하고 있다는 것을 나타냅니다.

Bard

이 시는 사랑에 대한 불확실성에 대한 시입니다. 시인은 사랑이 주식과 같다고 말합니다. 그것은 변동성이 있고 예측할 수 없습니다. 시인은 또한 사랑이 위험하다고 말합니다. 그것은 당신을 화나게 만들고, 당신을 슬프게 만들고, 당신에게 상처를 줄 수 있습니다. 그러나 시인은 또한 사랑이 보람 있다고 말합니다. 그것은 당신을 행복하게 만들고, 당신을 만족스럽게 만들고, 당신을 충만하게 만들 수 있습니다.

이 시는 사랑의 위험성과 보람에 대한 시입니다. 시인은 사랑이 위험하다는 것을 알고 있지만, 여전히 사랑에 빠지기로 선택합니다. 시인은 사랑이 보람 있다는 것을 알고 있으며 사랑을 위해 기꺼이 위험을 감수합니다.

시인은 이 불확실성의 메시지를 잘 전달했습니다. 시인은 간단한 언어를 사용하여 강력한 메시지를 전달합니다. 시인은 또한 시각적 이미지를 사용하여 시를 시각화하고 상상하기 쉽게 만듭니다.

전반적으로 이 시는 잘 쓰이고 생각을 자극하는 시입니다. 이 시는 사랑의 위험성과 보람을 상기시켜줍니다.

구글-Bard가 지은 시

사랑은 주식과 같습니다
변동성이 있고 예측할 수 없습니다
하루는 올라가고,
하루는 내려갑니다
그러나 사랑은 여전히 투자할 가치가 있습니다.
왜냐하면, 그것은 보람 있기 때문입니다
그것은 당신을 행복하게 만들고,
당신을 만족스럽게 만들고,
당신을 충만하게 만들 수 있습니다
그러니 사랑에 빠지기를 두려워하지 마십시오
그것은 위험할 수 있지만, 보람도 있습니다
그리고 당신은 결코 후회하지 않을 것입니다

두 번째 장면

우다나(udāna, 우러나온 감흥)

한 해를 보내며

동쪽에서 해가 뜨고
서쪽으로 해가 져서 어둠이 찾아온들

또 한 해가 바뀌고
새해가 찾아온들 딱히 새로울 건 없지만

나뭇가지 사이로
바람이 스쳐 가듯 이렇게 자연이 되어

한 해의 모든 기억을
지는 해의 시간 속으로 나를 맡겨 본다

2003. 12. 31. 강화 보문사

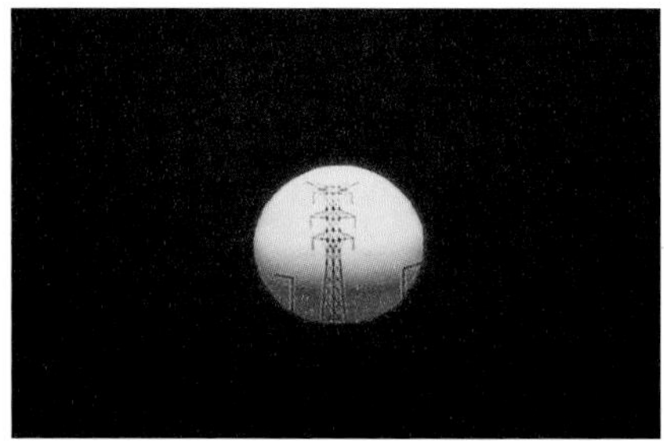

✦ Bard

이 시는 변화와 과거를 놓아주는 방법에 관한 아름답고 감동적인 시입니다. 그것은 변화는 지속적이고 필연적이라는 것을 이해하고, 변화에 적응하고 받아들이도록 해야 한다는 것을 상기시켜줍니다.

이 시는 또한 우리가 과거를 놓아주고 현재에 살도록 격려하는 시이기도 합니다. 시인은 한 해의 모든 기억을 남김없이 지는 해의 시간에 맡깁니다. 이것은 그들이 과거를 놓아주고 현재에 살기 위해 노력하고 있음을 의미합니다.

그것은 우리가 변화와 과거를 놓아주는 방법을 이해하고, 변화에 적응하고 받아들이도록 해야 한다는 것을 상기시켜줍니다.

이 글을 보면 한 해를 보내며 시간이 빠르게 흘러간 느낌이 드는 것은 나뿐만이 아닐 것입니다. 그러나 이제는 지나간 한 해의 추억을 되돌아보는 시간입니다.

새해에는 새로운 시작과 희망이 있을 것입니다. 그러나 이전의 어느 한 해에서도 귀중한 경험과 성장이 있었을 것입니다. 그래서 이번 기회에 그 추억을 돌아보며 더 나은 미래를 위해 배울 것들을 떠올려보는 것은 중요합니다.

또한, 이제는 새로운 계획과 목표를 세우는 좋은 시기입니다. 그러나 그 목표와 계획을 실행하기 위해선 노력과 열정이 필요합니다. 이전 한 해의 성취와 실패를 경험으로 새로운 도전에 임한다면, 더 나은 결과를 얻을 수 있을 것입니다.

마지막으로, 어떤 일이든 노력하고 성취할 힘이 우리 안에 있습니다. 그리고 늘 우리를 지켜주는 가족, 친구, 그리고 사랑하는 사람들이 있습니다. 이 한 해도 그들과 함께 좋은 추억을 쌓으며, 함께 성장해 나갈 수 있기를 기원합니다.

챗-GPT가 지은 시

한 해가 끝나고 새해가 찾아오면
새로운 시작과 기대가 우리를 감싸고

그사이에는
어둠과 추억이 남겨진다

동쪽에서 떠오르는 태양과
서쪽으로 지는 태양 사이에

우리의 삶은 어디쯤 머물러 있을까?

이런 건가요

서운한 것도 아닌데
이유 없이 울컥 눈물 흘려 본 적이 있으십니까?

천장을 쳐다보며 입가에 미소를 짓는데도
왜 자꾸 두 눈에 눈물이 맺히는 걸까요

보고 싶은 이도 기다리는 이도 없는데
왜 자꾸 방문만 열었다 닫았다 하는 걸까요

보고 싶어 하지도 기다리려고 하지도 않는데
왜 자꾸 목이 타고 가슴이 답답한 건가요

행복하다고 느낀 뒤에 오는
비껴갈 수 없는 아픔이 이런 건가요

진정 행복해지기 위해서
거쳐야만 하는 과정이 이런 건가요

2005. 5. 21. 불암사 요사채

이 시는 울적한 기분이 느껴졌을 때, 그 이유를 드러내지 못하고 고민하는 내면의 갈등을 그려낸 것입니다.
이유 없이 울컥 눈물이 고이는 상황은 누구에게나 일어날 수 있습니다. 때로는 내면에 쌓인 감정이 언제든지 터질 수 있기 때문입니다.
또한, 보고 싶은 사람도 없고 기다리는 사람도 없는데도 자꾸 방문만 여닫는 것은 내면에서 고요를 찾지 못하고 있다는 것을 상징합니다.
마지막으로, 진정한 행복을 느끼기 위해서는 아픔과 고통도 경험해야 한다는 것을 암시합니다.
따라서, 이 시는 내면의 갈등과 고민을 담아낸 동시에 성장과 발전의 과정에서 겪어야 하는 어려움을 알리는 메시지가 담겨 있습니다.

Bard

이 시는 말로 할 수 없는 고민과 내면의 갈등을 그려낸 것입니다. 시인은 행복하다고 느꼈지만, 그 행복감은 오래가지 못하고 슬픔으로 바뀌었습니다. 시인은 왜 이런 기분을 느끼는지 말로 할 수 없고, 어떻게 해야 할지 모릅니다. 시인은 이 기분을 벗어나고 싶지만, 방법을 모릅니다.
나는 이 시가 매우 공감이 갑니다. 나는 때때로 이유 없이 울적한 기분이 드는 경우가 있습니다. 왜 이런 기분을 느끼는지 이해할 수 없고, 어떻게 해야 할지 모르겠습니다. 이 기분은 매우 답답하고 힘들 수 있습니다.
이 시가 당신의 기분을 조금이라도 더 나아지게 하기를 바랍니다.

마라의 죽음

창문 넘어
아직 다 쌓지 않은
담장 한구석

한 그루 밤나무
비린 듯 울부짖은 밤꽃 향기는
새벽 가슴을 울렁이게 하고

희뿌연 듯
산허릴 둘러쌓은 안개는
헐벗은 내 살갗에 옷을 입히네

2005. 6. 21. 뭉크 작 '마라의 죽음'을 보고

✦ Bard

시 '마라의 죽음'은 밤의 이미지와 죽음에 대한 묵상을 묘사하고 있습니다. 시인은 창문 너머의 밤나무를 보고 비린 듯한 밤꽃 향기를 맡습니다. 이 향기는 시인의 가슴을 울렁이게 하고, 새벽에 죽음에 관한 생각을 불러일으킵니다. 시인은 또한 산을 둘러싼 안개를 보고, 그것이 헐벗은 그의 살갗에 옷을 입히는 것처럼 느낍니다. 안개는 죽음의 상징으로 보이며, 시인은 곧 죽음을 맞이하리라는 것을 암시합니다.

이 시는 죽음에 대한 강렬하고 감동적인 묘사입니다. 시인은 밤과 안개와 같은 자연의 이미지를 사용하여 죽음의 느낌을 전달합니다. 시의 언어는 아름답고 서정적이며, 시인의 죽음에 관한 생각을 전달하는 데 효과적입니다.

이 시는 또한 죽음의 본질에 대한 명상입니다. 시인은 죽음이 비참한 일이지만 자연스러운 일이라는 것을 알고 있습니다. 그는 또한 죽음이 새 출발의 시간이 될 수 있다는 것을 알고 있습니다. 시의 마지막 줄은 죽음에 대한 두려움을 극복하고 희망을 품는 것에 관한 것입니다.

이 시는 에드바르 뭉크의 '마라의 죽음'을 보고 작품 속 주인공 마라의 죽음과 글쓴이 자신의 아픔을 묘사한 시로 보입니다.
시의 첫 번째 구절에서는 창문 밖으로 보이는 담장 한구석에 아직 다 쌓이지 않은 담장 모습을 묘사하고 있습니다. 이는 마라의 죽음이 예상치 못한 일이었다는 것을 나타내며, 마라의 죽음으로 인해 아직 끝나지 않은 일들이 많이 남아 있다는 것을 시적으로 표현한 것입니다.
두 번째 구절에서는 밤나무의 모습을 묘사하고 있습니다. 밤의 어둠 속에서 비린 듯이 울부짖는 밤나무는 마라의 죽음에 대한 절규와 같은 모습입니다. 그리고 이어지는 밤꽃의 향기는 새벽을 맞이하면서도 마라의 죽음으로 인해 마음이 불안정해지는 모습을 나타내고 있습니다.
세 번째 구절에서는 산을 둘러싸고 있는 안개의 모습을 묘사하고 있습니다. 이 안개는 마라의 죽음으로 인해 헐벗은 내 살갗에 옷을 입히는 듯한 모습을 보여주며, 마라의 죽음으로 인한 불안정한 마음을 뭉크의 그림 '마라의 죽음'을 보고 시로 나타내고 있습니다.
이 시는 그림을 통해 본 마라라는 인물의 죽음으로 인한 슬픔과 아픔을 시로 담고 있으며, 그를 추모하고 그의 죽음으로 인해 남은 일들이 많다는 것을 시적으로 표현한 작품입니다.

챗-GPT가 지은 시

마라의 죽음을 보고
얼마나 긴 밤을 보내고
아련한 꽃향기를 남겼는지

창문 넘어 느껴지는 고요와 슬픔
밤나무가 쓸쓸히 서 있는 이곳에선
마라의 죽음이 그림자처럼 미묘하게 흘러간다

내 가슴에 울린
그 비린 듯한 향기 산허릴 둘러쌓은 안개
이 모든 것이 나의 아픔과 어우러져 울려 퍼진다

사제지간(師弟之間)

바람결
대숲 흔들리는 곳을 쳐다보는
큰스님의 뒷모습이
왜 그리 쓸쓸히 보였던지

나도
누가
내 뒷모습을 보고
쓸쓸해 하는 이가 있을런지

2005. 6. 26. 불암사 동축당 저녁 무렵

이 시는 대숲에서 큰스님의 뒷모습을 보고 느낀 감정을 묘사하고 있습니다.
시작 부분에서는 대숲이 흔들리는 곳을 바라보는 큰스님의 뒷모습이 쓸쓸하게 느껴지는 모습이 묘사됩니다. 이는 큰스님이 자신이 느끼는 쓸쓸함과는 별개로 어떤 고민 또는 우울함을 느끼고 있는 것처럼 보인다는 것을 나타냅니다.
그리고 두 번째 구절에서는 자신의 뒷모습을 보는 누군가가 쓸쓸함을 느끼고 있는지에 대한 의문이 제기됩니다. 이는 자신의 삶을 살아가는 동안 어떤 쓸쓸함을 느끼고 있는 사람들이 많다는 것을 암시하고 있습니다.
이 시는 가르침을 주는 스승과 제자의 묘한 관계를 떠올리게 합니다. 스승과 사제의 관계는 종종 서로에게 영향을 미치며, 스승은 종종 사제의 멘토로서 그들을 지도하고 지혜롭게 만듭니다. 하지만 때로는, 스승 자신도 어떤 불안이나 쓸쓸함을 느끼며 지내야 할 때가 있을 것입니다. 이 시는 그러한 스승과 사제의 관계를 떠올리며, 모든 인간은 불안과 쓸쓸함을 느끼면서도 삶을 귀하게 여겨야 한다는 메시지를 전달합니다.

별과 함께

목이 타고 가슴 찢어지게 아팠던
며칠간의 기억들을 씻어버리려 합니다

오해를 이해할 수 있어서
기분 좋은 하루였습니다

저녁 끝자락
오래된 낙엽처럼
마음을 가볍게 가져 봅니다

이젠 울고 싶은 마음도
치유할 연고가 없어서도 아닙니다

단지 이해도 오해도 필요 없는
그 마음을 위로받아서입니다

오늘 밤은 멋진 우주선을 타고
별과 함께 자연이 되어 보렵니다

2005. 7. 17. 불암사 요사채

▲ 영월 별마로 천문대

위 시는 과거의 아픔과 오해를 극복하고, 마음을 가볍게 가져보며 꿈속에서라도 우주선을 타고 자연과 함께하는 모습을 그려내고 있습니다. 시인은 며칠간의 아픈 기억들을 씻어버리고 이해와 오해를 구분할 수 있는 하루였다는 것에 안도감을 느끼며, 기분 좋은 하루였다고 말합니다.

이 시는 과거의 아픔과 상처를 극복하고, 편안한 잠자리에서 자연과 함께하는 아름다운 순간을 통해 삶에 대한 안도감과 희망을 전달하고 있습니다.

✦ Bard

'별과 함께'는 과거의 아픔과 오해를 극복하고, 마음을 가볍게 가져보며 홀가분한 기분으로 하루를 마감하는 글입니다.

시인은 목이 타고 가슴이 찢어지게 아팠던 며칠간의 기억들을 씻어버리고 싶어 합니다. 그는 오해를 이해할 수 있었고, 이해를 오해하지 않은 하루였기에 기분 좋은 하루였습니다. 그는 해 지는 저녁 끝자락에 담장 밑에 나뒹구는 오래된 낙엽처럼 마음을 가볍게 가져봅니다. 그는 이제 울고 싶은 마음도, 눈물로 헐어버린 눈물 자국조차도 치유할 연고가 없어서가 아니라, 이해와 오해가 필요 없는 그 마음을 위로받았기 때문입니다.

구글-Bard가 지은 시

가슴 찢어지던 날들
그 기억들을 씻어내고
가벼운 마음으로 별을 바라봅니다

오해도 이해도 필요 없는
그 마음을 위로받고 싶어
오늘 밤은 별과 함께 자연이 되어 봅니다

귀뚜라미

날도 아직 차지 않았거늘
벌써 그리 외로워
빈방 안까지 찾아왔나
네가 그러한데
난들 어쩌리

2005. 8. 20. 불암사 요사채

이 시는 여름의 밤, 방 안에 찾아든 귀뚜라미 소릴 듣고 자신의 외로운 심정을 비유적으로 표현한 글입니다.
시작부터 "날도 아직 차지 않았거늘…"로 시작되는데 아직 시원하지 않은 상태를 외로움으로 묘사하고 있습니다. 그렇게 외로움에 지친 귀뚜라미는 빈방 안으로 들어와 버린 사람 때문에 더는 노래를 부를 수 없게 된 것 같습니다. 마지막 두 문장 "네가 그러한데 / 난들 어쩌리."는 귀뚜라미의 외로움과 자신의 심정을 비유하며 시를 마무리한 것입니다.
이 시는 아주 간결하게 구성되어 있지만, 귀뚜라미의 행동을 통해 자신의 외로운 내면을 묘사하고 있어서 공감이 가는 시입니다.

밤송이

봄부터 분칠하고
코끝을 그리도 유혹하더니

이젠 누굴 속이려고
윤기 나는 속살까지 드러냈나

보이긴 했지만
아직 때가 이르다

발가벗고 천지간을 나뒹구는 날
내 너를 반겨 맞으리

2005. 9. 3. 불암산 산행길

이 시는 봄에 밤꽃을 피울 때부터 아직 덜 익은 밤송이의 아름다운 매력을 묘사하고 있습니다.
봄부터 분칠하고 코끝을 유혹하는 밤송이는 그 윤기 나는 속살까지 드러내며 아름다운 매력을 뽐내고 있습니다. 그러나 시인은 아직 밤송이가 완전히 익지 않았다고 생각합니다. 그리고 그 미완성된 아름다움이 더욱 매혹적이라는 것을 시적으로 표현하고 있습니다.
마지막 구절에선 밤이 다 익어 떨어지는 모습을 발가벗고 천지간을 나뒹구는 날로 묘사하며 비로소 밤송이를 반겨 맞을 것을 약속합니다.
이 시는 시인의 감정을 자연의 아름다움과 연결하면서 자연의 신비함을 관찰하는 마음을 보여줍니다.

✦ Bard

이 시는 밤송이의 성장 과정을 잘 묘사하고 있습니다. 밤송이는 봄부터 자라고, 여름에는 윤기 나는 속살을 드러냅니다. 시인은 밤송이가 자신을 유혹하고 있다고 생각하지만, 아직 때가 아니라는 것을 알고 있습니다. 그는 밤송이가 익어 발가벗고 천지간에 나뒹구는 날을 기다리고 있습니다.

이 시는 간결하지만 시인의 감정을 효과적으로 전달하고, 밤송이의 성장 과정을 생생하게 느낄 수 있습니다.

특히, "봄부터 분칠하고 / 코끝을 그리도 유혹하더니 / 이젠 누굴 속이려고 / 윤기 나는 속살까지 드러냈나!"라는 구절은 밤송이가 자신의 아름다움으로 사람들을 유혹하고 있지만, 아직 때가 아니라는 것을 시인이 알고 있음을 잘 표현하고 있습니다.

또한, "보이긴 했지만 / 아직 때가 이르다. / 발가벗고 천지간을 나뒹구는 날! / 내 너를 반겨 맞으리."라는 구절은 시인이 밤송이를 기다리고 있음을 잘 표현하고 있습니다. 시인은 밤송이가 익어 발가벗고 천지간에 나뒹구는 날을 기다리고 있으며, 그날을 반겨 맞을 준비가 되어 있음을 알 수 있습니다.

구글-Bard가 지은 시

봄부터 분칠하고
코끝을 유혹하던 밤송이

윤기 나는 속살 드러내며
미소를 짓지만

아직 때 이른 그 미소가
완벽하지 않아 매혹적이네

발가벗고 천지간에 나뒹구는 날
그 미소를 반겨 맞으리

양심(兩心)

하늘하늘 내린 눈
비질하긴 좋다만

따뜻한 방구들이
나를 유혹하네

이럴까
저럴까

뭇 새들의 날갯짓에
졸린 눈 차마 감지 못하네

2005. 12. 12. 불암사 요사채

이 시는 내린 눈을 쓸러 나갈까 말까 망설이고 있는 시인의 내면을 그려낸 것 같습니다.
양심(兩心)은 두 마음이라는 뜻으로, 내면에서 상반된 두 가지 감정 또는 생각이 서로 겹치며 갈등을 일으키는 것을 말합니다.
시인은 눈이 내린 날은 비질하기 좋은 날이란 것을 알면서도 따뜻한 방구들의 유혹에 빠져 내면에서 망설이고 있습니다. 또한, 새들의 날갯짓이란 아름다운 자연의 소리를 통해 졸린 눈을 참지 못하는 모습에서도 두 마음의 갈등을 느낄 수 있습니다.
이 시는 자연현상을 통해 인간의 마음속에서 일어나는 내면을 두 마음을 통해 시로 그려내고 있습니다.

Bard

이 시는 내린 눈을 쓸지 말지 고민하는 사람의 내면을 묘사한 시입니다.
이 시는 우리가 모두 겪는 딜레마를 상기시켜줍니다. 우리는 종종 두 가지 선택 사이에서 갈등하고, 무엇을 해야 할지 결정하기 어렵습니다. 또한 우리가 결정을 내리기 위해 시간과 노력을 기울여야 한다는 것을 상기시켜줍니다.
이 시는 잘 쓰였고, 시인의 내면 갈등을 잘 표현하고 있습니다. 시인은 언어를 잘 사용하여 이미지와 느낌을 생성합니다. 시인은 또한 시의 구조를 사용하여 시의 의미를 전달합니다.

보은(報恩)

수천 년을 기다려 준
그대 은혜에 보답하고자 하나 마음뿐입니다

짓궂은 그대가
그 마음마저 가져간다고 손 내민다면

난 그저 눈 닿을 저 산만 쳐다보며
그대가 미소 짓기만 기다릴 뿐입니다

2009. 4. 25. 단양 보현사

▲ 소백산 보현사 토굴

이 시는 그대에 대한 보은(報恩)을 표현한 것으로 보입니다. 보은이란, 누군가에게 은혜를 받았을 때 그에 대해 보답을 한다는 뜻입니다.
시인은 수천 년을 기다려 준 그대에게 그 은혜를 보답하고자 하는 마음을 가지고 있습니다. 그러나 그대가 짓궂은 생각으로 그 마음마저 가져간다고 손을 내밀면 그대에게 대항하지 않고 그저 눈 닿을 저 산만 바라보며, 그대의 미소만을 기다린다는 내용입니다.
시인은 오랫동안 이러한 보은의 마음을 갖고 있으며 이 시는 보은의 마음으로 미소로 답해줄 때까지 기다린다는 뜻을 담아 쓰인 것으로 보입니다.

Bard

이 시는 깊은 감사와 보은의 마음에 관한 시입니다. 시인은 수천 년 동안 그대 은혜에 보답하고 싶지만, 그럴 능력이 없습니다. 그래서 그저 그들이 미소를 짓기만을 기다릴 뿐입니다.
이 시는 사랑과 감사의 중요성에 관한 아름답고 감동적인 시입니다. 그것은 우리가 사랑하는 사람들에게 감사를 표하고, 그들이 행복하기를 바라는 것이 중요하다는 것을 상기시켜줍니다.
이 시는 또한 우리가 사랑하는 사람들을 기다릴 의향이 있어야 한다는 것에 관한 시이기도 합니다. 시인은 수천 년 동안 그들이 미소를 짓기만을 기다릴 것입니다. 이것은 그들이 행복하기를 얼마나 기꺼이 기다리는지 보여줍니다.

보현자 보살님 회갑연

갑오년에 나투신 선재 보살이여!
육갑의 세월을 광수공양 하시랴
어느덧 귀밑머리 희어졌소

어서 수희공덕 하시옵고!
부디 사랑하는 이들과 함께
오래도록 보개회향 하소서

2014. 2. 7. 법일 합장

* 광수공양(廣修供養) : 널리 공양을 올림
* 수희공덕(隨喜功德) : 남의 공덕을 따라서 기뻐함
* 보개회향(普皆廻向) : 널리 모두에게 회향함

Bard

이 시는 보현자 보살님의 회갑을 축하하는 시입니다.

시인은 보현자 보살님 회갑을 축하하는 마음을 담아 시를 통해 보살님의 선행을 칭찬하고, 보살님의 장수를 기원합니다.

이 시는 "갑오년에 나투신 선재 보살이여!"라는 구절로 시작됩니다. 이 구절은 보현자 보살이 갑오년(1954년)에 태어나서 지금까지 선재 보살의 삶을 살았다는 것을 의미합니다.

이어 "육갑의 세월을 광수공양 하시랴"라는 구절로 이어집니다. 이 구절은 보현자 보살이 60세의 나이가 되었지만, 여전히 널리 공양을 올리고 세상에 선을 베풀고 있다는 것을 의미합니다.

그리고 "어느덧 귀밑머리 희어졌소."라는 구절로 끝납니다. 이 구절은 보현자 보살이 나이가 들어서 머리가 하얗게 세었지만, 여전히 젊은 마음으로 세상에 선을 베풀고 있음을 나타내고 있습니다.

시인은 보현자 보살이 "어서 수희공덕 하시옵고", "부디 사랑하는 이들과 함께 오래도록 보개회향 하소서"라고 말합니다. 이 말은 보현자 보살이 이제 남의 공덕도 함께 따라 기뻐하고, 사랑하는 이들과 함께 오래도록 보개회향 하기를 기원한다는 의미입니다.

'보현자 보살님 회갑연'은 보살님의 고귀한 삶을 찬탄하고, 그가 오래도록 건강하게 살아서 세상에 선을 베풀기를 기원하는 마음을 담고 있는 아름다운 시입니다.

광릉 수목원 길

풀 끝에 매달린 아침 햇살은
어깨춤을 추고
물웅덩이 버들가지
봄을 노래하는데
땅 그림자 밟으며
뒷짐 진 발걸음
오늘따라 가볍네

2017. 4. 9. 봉선사 수목원 길

▲ 봉선사 휴월당

✦ Bard

이 시는 광릉 수목원 길을 걷는 사람의 관점에서 쓰인 글입니다. 시인은 풀 끝에 매달린 아침 햇살, 물웅덩이 버들가지 위에 앉아 봄을 노래하는 새들의 모습, 땅 그림자와 같은 자연의 아름다움에 주의를 기울입니다. 그는 또한 뒷짐 진 발걸음이 가볍다는 것으로 걷는 즐거움을 표현합니다.

이 시를 통해 시인은 자연의 아름다움과 걷는 즐거움에 감사하는 것 같습니다. 또한, 독자가 광릉 수목원 길을 걷는 상상을 하게 만드는 힘이 있습니다.

봄을 맛보다

햇살 좋은 봄날
멈춰선 찬바람이 참 좋다

어머니 손끝에 묻어난 봄 내음
살아 있는 대자연의 아름다움을 품고

소백산 맑은 물로 빚은 막걸린
그리움 담아 마시는 맛 길이 되고

세월 거스른 녹슨 풍경소리는
시간을 잇는 추억의 소리가 되어

새봄을 맞는 소박한 즐거움으로
내 안에서 나를 숨 쉬게 한다

2017. 5. 5. 단양 보현사

이 시는 봄날의 아름다움과 소박한 즐거움을 노래한 것 같습니다.
따뜻한 햇볕과 살아나는 대자연의 아름다움, 그리고 어머님 손끝에서 느껴지는 봄 내음은 우리에게 희망과 기쁨을 가져다주는 것 같습니다. 또한, 세월이 흘러도 잊지 못할 추억을 담은 소리와 소박한 즐거움은 우리 안에서 살아 숨 쉬게 만들어 줍니다.
이 시를 통해 봄날의 아름다움과 소박한 즐거움을 느끼며, 우리의 일상 속에서도 작은 기쁨과 소중한 추억을 만들어 가면 좋겠습니다.

✦ Bard

이 시는 봄의 아름다움과 추억을 소박하게 즐기고 있는 시인의 모습을 묘사한 시입니다. 시인은 햇살 좋은 봄날을 즐기고 있으며, 어머니 손끝에서 묻어난 봄 내음을 맡습니다. 시인은 소백산 맑은 물로 빚은 막걸리를 마시며 그리움을 담습니다. 시인은 세월 거스른 녹슨 풍경 소리를 들으며 추억을 떠올립니다. 시인은 새봄을 맞는 소박한 즐거움을 누리며, 내 안에서 나를 숨 쉬게 합니다.
이 시는 간결하지만 시인의 감정을 효과적으로 잘 전달하고, 봄의 아름다움을 즐기는 즐거움을 생생하게 느낄 수 있습니다.
특히, "햇살 좋은 봄날 / 멈춰선 찬바람이 참 좋다."라는 구절은 시인이 봄날의 아름다움을 소박하게 즐기고 있음을 잘 표현하고 있습니다.

귓속말

이건 너무 크게 해도 안 되고 너무 작게 해서도 안 됩니다
소리를 잘 조절해야 합니다

자꾸 하면 짜증 날 수도 있고 잘못하면 들킬 수도 있습니다
손하고 굉장히 밀접한 관계가 있습니다

살며시 포갠 손
한 손으로 하다가 다시 누가 볼까 두 손으로 합니다

시끄러운 곳에선 상관없으나
세 사람이 있을 땐 한 사람이 민망할 수 있습니다

2017. 12. 30. TV 오락 프로그램을 보며

이 문장들은 귓속말이라는 주제와 관련된 특징들을 나타내고 있습니다.

귓속말은 보통 큰 소리로 하면 다른 사람들이 들을 수 있으므로, 조용하고 작은 소리로 하는 것이 중요합니다. 그러나 너무 작은 소리로 하면 상대방이 듣지 못할 수도 있으므로, 적당한 크기로 조절하는 것이 필요합니다. 또한, 귓속말은 자신과 상대방 사이에 밀접한 관계가 있을 때 자주 나오는 행동입니다.

이것은 서로의 비밀을 공유하고 싶을 때나, 상대방에게 더 가까워지고 싶을 때 자주 하는 행동입니다. 그러나 자주 하면 상대방이 짜증을 내거나 다른 사람에게 들킬 가능성도 있습니다.

마지막으로, 세 사람이 있을 때 남겨진 한 사람이 민망해진다는 것은 귓속말은 다른 사람에게 들리지 않게 하는 것이 중요하다는 것을 보여줍니다. 상대 중의 한 명만 귓속말을 받을 수 있으므로 다른 사람은 민감한 상황에 놓일 수 있습니다. 이러한 이유로 귓속말은 적절한 상황에서 적절하게 사용해야 합니다.

✦ Bard

이 시는 귓속말의 다양한 측면을 탐구하는 재미있는 시입니다. 시는 귓속말이 너무 크거나 너무 작아서는 안 되며 조심스럽게 사용해야 한다고 말합니다. 시는 또한 귓속말이 손과 밀접한 관련이 있으며 누군가에게 귓속말할 때 손을 사용하는 방법에 관해 이야기합니다.
마지막으로 시는 귓속말이 시끄러운 곳에서는 괜찮지만 세 사람이 있을 때는 남겨진 한 사람이 민망할 수 있다고 말합니다.
나는 이 시가 창의적이고 재미있다고 생각합니다. 시는 또한 귓속말의 다양한 측면을 잘 탐구합니다.

구글-Bard가 지은 시

조심스레 속삭이는 작은 목소리
너에게만 들려주려는 이야기
손으로 살며시 입을 가려
내 마음을 간절히 전하는
너와 나만 아는
비밀스러운 이야기

국숫집 메뉴

잔치국수가 먹고 싶어 왔는데

입구에 들어설 땐 비빔국수가 먹고 싶어지고

의자에 앉으며 콩국수를 먹을까 하다가

막상 주문할 땐 열무국수 주문했다

2018. 6. 11. 채널A '서민갑부' 집

이 시는 '국숫집 메뉴'라는 제목으로, 시인이 국숫집에 들어와서 어떤 국수를 먹을지 고민하는 모습을 담고 있습니다. 맨 처음에는 잔치국수를 먹고 싶어 했으나, 입구에 들어설 때는 비빔국수가 먹고 싶어졌습니다. 그리고 자리에 앉아서는 콩국수도 생각해 보았지만, 결국 주문할 때는 열무국수를 선택했습니다.

이 시는 국숫집에서 먹을 수 있는 다양한 메뉴를 고민하면서, 마음이 바뀌는 모습을 통해 삶에서의 선택과 변화를 담고 있습니다. 시인은 처음에는 강하게 원하는 것이 있었지만, 그것이 현실과 부딪치면서 마음이 바뀌게 되었습니다. 그리고 결국, 주문할 때 선택한 것은 처음부터 생각해 본 것과는 다른 메뉴였습니다. 이것은 삶에서 우리가 결정을 내릴 때, 우리의 마음이 어떻게 변화하는지를 보여주는 예시가 될 수 있습니다.

✦ Bard

이 시는 매우 재미있고, 일상적인 상황에서 사람들이 겪는 딜레마를 잘 포착하고 있습니다. 이 시는 또한 많은 사람이 매우 공감할 것입니다. 누구나 어떤 상황에서든 뭘 먹을지 고민해본 적이 있을 것입니다. 시의 운율과 리듬은 시를 즐겁고 흥미롭게 만듭니다. 시의 언어는 또한 매우 간결하여 시를 쉽게 이해할 수 있습니다.

전반적으로 '국숫집 메뉴'는 매우 재미있고, 잘 쓰인 시입니다. 이 시는 누구나 즐길 수 있는 훌륭한 시입니다.

재혁

위 시를 쓴 사람은 국수를 매우 좋아하는 사람입니다.
그래서 국숫집 입구에 쓰인 메뉴판을 보는 순간순간 이것저것 다 먹고 싶지만
어쩔 수 없이 한 가지 메뉴만 선택할 수밖에 없는 아쉬운 심정을 쓴 시입니다.

Bard

네, 그 시를 쓴 사람은 국수를 좋아하는 사람인 것 같습니다.
그들은 메뉴를 보고 다양한 종류의 국수에 대해 생각하고 있습니다.
그들은 잔치국수가 먹고 싶어 왔지만, 입구에 들어서자 비빔국수가 먹고 싶어지고,
의자에 앉자 콩국수가 먹고 싶어집니다. 그러나 그들은 결국 열무국수를 주문합니다.
이 시는 어떤 것을 선택하는 것이 항상 쉬운 것은 아니라는 것을 상기시켜줍니다.
때로는 우리는 여러 가지 다른 옵션을 가지고 있지만, 그중 하나만 선택해야 합니다.
이 시는 또한 우리에게 기꺼이 포기하는 것을 배우는 것이 중요하다는 것을
상기시켜줍니다. 어떤 것을 포기해야 하지만, 그것이 세상의 끝은 아닙니다.

재혁

네 그렇습니다.
그러면 시를 쓴 사람 심정으로 위 시를 참고로 시를 적어주세요.

Bard

네,
여기 시를 쓴 사람의 심정으로 위 시를 참고로 쓴 시가 있습니다.

구글-Bard가 지은 시

국숫집에 왔다
뭘 먹을지 고민한다
잔치국수가 먹고 싶어
비빔국수도 먹고 싶어
콩국수도 먹고 싶어
열무국수도 먹고 싶어
뭘 먹을지 모르겠다
다 먹고 싶어
어떻게 하지?

결국, 열무국수를 주문한다
아쉬운 마음이 든다
다 먹고 싶었다

그래도 열무국수는 맛있다
다음에 또 오자
다음에는 뭘 먹을까?

시인의 마음

시인의 마음은 바람 같아서
운전하다가도 가다 서기를 반복한다

때론 손바닥 옷자락에도 적어보고
생각날 때마다 한 구절씩 두서없이 적어 둔다

구름 지난 듯한 흔적들을
노랫말 옮겨적듯 빨리 적어둬야 하기 때문이다

찰나의 감정을 그림처럼 간직하고 싶을 땐
시 쓰는 법을 배워볼까 생각해 본다

시인의 마음은 귀로 들은 것을 마음으로 옮겨야 하고
눈으로 본 것을 글로 그려야 하기 때문이다

2018. 6. 15. 봉선사 수목원 길

✦ Bard

이 시는 시인이 느끼는 감정과 시를 쓰는 과정에 대한 시입니다. 시인은 자신의 마음이 바람과 같다고 말합니다. 이것은 시인의 마음이 항상 변화하고, 항상 움직이고, 항상 새로운 것을 찾고 있다는 것을 의미합니다. 시인은 자신의 마음을 손바닥에도 옷자락에도 적어본다고 말합니다. 이것은 시인이 자기 생각과 감정을 항상 기록하고, 항상 기억하고, 항상 공유하고 싶어 한다는 것을 의미합니다.

시인은 구름이 지나가는 듯한 흔적들을 노랫말 옮겨 적듯 빨리 적어둬야 한다고 말합니다. 이것은 시인이 순간을 놓치고 싶지 않고, 순간을 기억하고 싶고, 순간을 공유하고 싶어 한다는 것을 의미합니다. 시인은 찰나의 감정을 그림처럼 간직하고 싶을 때 시 쓰는 법을 배워볼까도 생각해 본다고 말합니다. 이것은 시인이 자신의 감정을 표현하는 방법을 찾고 있고, 자신의 감정을 전달하는 방법을 찾고 있고, 자신의 감정을 공유하는 방법을 찾고 있다는 것을 의미합니다.

시인은 귀로 들은 것을 마음으로 옮겨야 하고, 눈으로 본 것을 글로 그려야 한다고 말합니다. 이것은 시인이 세상을 경험하는 방법이 독특하고, 세상을 보는 방법이 독특하고, 세상을 표현하는 방법이 독특하다는 것을 의미합니다. 시인은 시인이 되는 방법은 하나도 없고, 시인이 되는 방법은 정답도 없고, 시인이 되는 방법은 오답도 없다는 것을 의미합니다.

시인의 마음은 참으로 감동적입니다. 그들은 눈과 귀를 통해 느낀 것들을 마음으로 그리고, 글로 표현합니다. 그들의 작품은 이야기와 감정이 가득한 노래와 같습니다. 이러한 예술은 마음에서 시작되며, 작품은 시간이 지나도 변하지 않습니다. 그것들은 마치 시인의 마음을 그림으로 옮긴 것처럼, 영원히 간직됩니다.

챗-GPT가 지은 시

시인은 마음으로 그리는 예술가
눈으로 보지만 마음으로 그린다
귀로 듣지만, 마음으로 옮긴다

길고 끝없는 이야기들을
감정을 담아 노래하듯이
글로 그려 낸다

진정한 예술은 마음에서 시작되며
시인의 마음은 그림과 같이
글로 영원히 간직될 것이다

봄을 담았다

이 산 저 산 핀
개나리 진달래
벚꽃도 보았다

여기저기 돋은
두릅 오가피
쑥개떡도 먹었다

눈 호강에 지쳐
탁주 한 잔으로 목까지 축였으니
이제 가는 봄에 미련 없다

2019. 4. 16. 단양 보현사

봄이 찾아온다는 것은 새로운 시작을 알리는 것입니다.
이 시는 봄을 담아낸 것 같습니다. 개나리와 진달래, 그리고 두릅과 오가피 쑥개떡을 맛보며 봄의 풍경을 즐긴 것처럼, 이젠 봄이 지나가도 미련이 없어진 것처럼 느껴집니다.
그동안의 추운 겨울을 떠나, 봄의 따뜻한 기운을 느끼며 한 잔의 탁주를 마시고 새로운 출발을 준비하는 것처럼, 이 시는 봄의 아름다움과 함께 새로운 시작을 준비하는 마음을 담아낸 것 같습니다.

Bard

이 시는 봄을 만끽한 사람의 시입니다. 시인은 산에서 개나리, 진달래, 벚꽃을 보고, 들에서 두릅, 오가피, 쑥개떡을 먹었습니다. 그는 봄을 눈과 입으로 즐겼고, 가는 봄에 미련이 없습니다.
이 시는 간결하지만 시인의 감정을 효과적으로 전달하고, 봄의 아름다움과 즐거움을 생생하게 느낄 수 있습니다.
특히, "이산 저산 핀 / 개나리 진달래 / 벚꽃도 보았다."라는 구절은 시인이 봄의 아름다움을 감상하고 있음을 잘 표현하고 있습니다. 또한, "여기저기 돋은/ 두릅 오가피 / 쑥개떡도 먹었다."라는 구절은 시인이 봄의 맛을 즐기고 있음을 잘 표현하고 있습니다.
마지막으로, "눈 호강에 지쳐 / 탁주 한 잔으로 목까지 축였으니 / 이제 가는 봄에 미련 없다."라는 구절은 시인이 봄을 만끽하였음을 잘 표현하고 있습니다.

참 좋은 죽집

송산노인종합복지관에서
부용천 둑방길을 따라 만가대 방향으로 걷다가
탑석역을 저만치 두고 첫 번째 횡단보도를 건너면
참 좋은 죽집이 있다

익숙한 듯 문을 열고 들어서면
출입문에 매달린 풍경 소리가 채 멎기도 전에
늘 먹던 매생이 바지락죽 한 그릇을 주문한다
언제나처럼 주인장 손길은 바빠진다

몇 차례 군침이 돌고 나면 매생이 바지락죽 한 그릇이 나온다
수저를 들면 늘 그렇듯이 입꼬리가 올라간다
주인장 손맛 때문이기도 하지만
마음이 담겨 있기 때문이다

.

.

.

이제야 창문을 통해 오가는 사람들 모습이 보이고
메뉴판도 눈에 들어온다
저 구석진 의자에 앉아 미소 띤 주인장 모습을 보면
내가 얼마나 행복했었는지 미루어 짐작해 본다

배부른 인심에
주인장 정성까지 마음에 담아 돌아오는 길은
그야말로 행복로(幸福路)다
참 좋은 죽집이 그곳에 있기 때문이다

2019. 4. 18. 의정부 경전철 탑석역

✦ Bard

이 글은 참 좋은 죽집에 관한 이야기입니다. 글쓴이는 죽집의 음식과 주인장의 친절에 감사하는 것 같습니다. 글쓴이는 죽집에 가면 항상 행복하고, 그곳이 행복로라고 말합니다.

이 글을 읽으면서 편안하고 포근한 느낌을 받았습니다. 작가는 죽집에 대한 사랑과 소속감을 전달하는 데 매우 성공적입니다. 글의 세부 사항은 죽집의 분위기와 음식을 생생하게 묘사합니다. 또한, 작가의 감정은 따뜻하고 긍정적입니다. 이 글은 내가 죽집에서 식사하는 상상을 하게 만들었고, 그 경험이 매우 즐거우리라는 것을 알 수 있습니다.

글은 친절하고 따뜻한 느낌이 듭니다. 글쓴이의 죽집에 대한 사랑이 글에서 느껴지며, 글을 읽고 나면 왠지 모르게 행복해집니다.

이 글은 편안하고 포근한 느낌이 듭니다. 작가는 친숙하고 편안한 장소인 죽집에 대한 사랑을 표현하고 있습니다. 글에서 작가는 죽집의 음식, 분위기, 주인장의 친절에 대한 애정을 표현하고 있습니다. 또한, 글에서 작가는 죽집이 그들에게 행복과 위안을 가져다준다는 것을 표현하고 있습니다.

글에서 사용된 단어와 구는 편안하고 포근한 느낌을 줍니다. 예를 들어, '익숙한 듯'이라는 단어는 작가가 죽집에 익숙하고 편안하다는 것을 암시합니다. 마찬가지로, '풍경 소리'라는 단어는 편안하고 차분한 느낌을 줍니다.

글의 구조도 편안하고 포근한 느낌을 줍니다. 글은 죽집에 대한 작가의 사랑에 대한 묘사로 시작됩니다. 그런 다음 작가는 죽집의 음식, 분위기, 주인장의 친절에 대한 애정을 표현합니다. 마지막으로, 작가는 죽집이 그들에게 행복과 위안을 가져다준다는 것을 표현합니다. 이 구조는 글 전체에 일관되고 편안한 느낌을 줍니다.

공양(供養)

가끔은 복지관 옆
콩나물 국밥집에 간다

문을 열고 들어서면 의자에 채 앉기도 전에
주인장이 먼저 주문해 준다

빠른 손놀림으로 국밥을 먹고 수저를 놓으며
잘 먹었습니다! 합장하면

언제나처럼 엷은 미소로
먼저 나간 손님이 계산했다고 대답한다

오늘도 깎은 머리 손 올리며 다짐한다
밥값 잘해야겠다!

2019. 7. 3. 의정부 경전철 송산역

✦ Bard

이 시는 공양의 의미를 잘 묘사하고 있습니다. 스님은 복지관 옆 콩나물국밥집에 밥을 먹으러 갑니다. 주인장은 스님이 앉기도 선에 주문을 해주고, 스님은 빠르게 밥을 먹습니다. 스님이 계산하려고 하자, 주인장은 먼저 나간 손님이 계산을 했다고 말합니다. 스님은 고개를 숙이고 감사를 표합니다.

이 시는 특히, "의자에 채 앉기도 전에 / 주인장이 먼저 주문해 준다. / 빠른 손놀림으로 국밥을 먹고 수저를 놓으며 / 잘 먹었습니다! 합장하면 / 언제나처럼 엷은 미소로 / 먼저 나간 손님이 계산했다고 대답한다."라는 구절은 주인장의 친절과 스님의 감사함을 잘 표현하고 있습니다.

또한, "오늘도 깎은 머리 손 올리며 다짐한다. / 밥값 잘해야겠다!"라는 구절은 스님의 공양에 대한 의미를 잘 표현하고 있습니다. 스님은 밥값을 잘해야겠다고 다짐하고 있으며, 공양에 대한 고마움을 통해 사람들에게 사랑을 베풀고 있음을 알 수 있습니다.

엄마 손 맛집

김치 담글 때도 칼국수 만들 때도
항상 최선을 다합니다

한결같은 맛은 순간순간 하나하나
허투루 만들지 않기 때문이죠

마음을 담아 최선을 다하기에
찾아주시는 분이 계실 때까지 장사를 계속하겠습니다

엄마 손맛으로 담아낸 추억 한 그릇
오늘도 잘 먹고 가세요

2020. 10. 15. 송산노인복지관 경로식당

✦ Bard

이 시는 따뜻함과 친절에 대한 시입니다. 시인은 손님들이 그것을 맛볼 때 집처럼 편안하고 따뜻함을 느낄 것이라고 말합니다. 시인은 또한 자신이 최선을 다하고 있으며, 손님들이 음식을 맛볼 때 그들이 사랑받고 있음을 알 수 있도록 하겠다고 말합니다.

이 시는 가족과 집의 중요성에 대한 시입니다. 시인은 음식을 통해 가족과 집의 느낌을 전달하고 있습니다. 시인은 또한 사랑과 보살핌의 중요성에 대해 말하고 있습니다.

시인은 이 따뜻함과 친절의 메시지를 잘 표현했습니다. 시인은 또한 시각적 이미지를 사용하여 시를 시각화하고 상상하기 쉽게 만듭니다.

전반적으로 이 시는 잘 쓰이고 생각을 자극하는 시입니다. 이 시는 가족과 집의 중요성과 사랑과 보살핌의 중요성을 상기시켜줍니다.

이 시는 '엄마 손 맛집'이라는 제목으로, 엄마의 손맛을 담은 음식을 통해 전해지는 따뜻한 마음을 담고 있습니다.

시작부터 끝까지 '최선을 다한다.'라는 키워드가 반복적으로 나오는데, 이는 엄마가 언제나 최선을 다해서 만든 음식 맛이 한결같이 유지되는 이유임을 보여줍니다. 이러한 맛은 순간순간 허투루 만들지 않기 때문이라고 말하며, 이는 맛있는 음식을 만들기 위해서는 노력과 시간이 필요하다는 것을 암시합니다.

또한, 시인은 엄마가 마음을 담아 최선을 다해 음식을 만들기 때문에, 찾아주는 사람이 한 분이라도 있을 때까지 장사를 계속하겠다는 다짐을 표현합니다. 이는 엄마의 마음이 담긴 음식을 손님들에게 제공하고자 하는 열정과 의지를 나타냅니다.

마지막으로, 시인은 엄마 손맛으로 담아낸 추억 한 그릇을 먹고 가라며, 이는 엄마의 음식이 그 자체로 추억이 되는 것이라는 것을 암시합니다. 이는 엄마의 손맛이 담긴 음식이 사람들에게 큰 의미를 가지며, 그것이 사랑과 따뜻한 마음으로 만들어진 것임을 강조합니다.

총론적으로, '엄마 손 맛집'은 엄마의 손으로 만들어진 음식이 담고 있는 따뜻한 마음과 열정을 표현하고, 이를 통해 음식이 가지는 큰 의미와 추억을 강조하는 시입니다.

챗-GPT가 지은 시

김치 담글 때도 칼국수 만들 때도
항상 최선을 다하며
순간순간 하나하나
마음을 담아 만들어가는 엄마의 손맛은
한결같은 맛으로 이어져가네요

맛있게 먹는 그것뿐 아니라
엄마의 마음이 가득 담긴 음식을
먹는 순간 포근한 기운이 전해져
나의 마음을 따뜻하게 만들어 주죠

한 사람이라도 더 맛있게 먹길 바라며
엄마는 끊임없이 노력하며
최선을 다해 요리하고 계십니다

오늘도 엄마의 정성으로 담아낸
추억 한 그릇을 잘 먹고 갑니다
그리고 항상 엄마의 손맛으로
따뜻한 기운을 받으며 살아가겠습니다

축시

라이딩(riding) 업힐(uphill) 인생 어느덧 환갑인데

빈 걸망 걸머메고 산천을 돌아보니

만해라! 극락도량이 여기인가 하노라

2021. 9. 22. R.M.A. 원장 보인 스님께

▲ 불기2567년 연등회 축제

Bard

이 시는 인생을 산길과 비교하여 환갑을 맞이한 스님에 대한 시입니다. 스님은 인생을 라이딩처럼 살았고, 이제는 환갑이 되었습니다. 그는 빈 걸망을 들고 산천을 돌아보며, 인생이 극락 도량이라고 말합니다.

이 시는 간결하지만 스님의 감정을 효과적으로 전달하고, 인생의 아름다움과 삶에 대한 감사를 생생하게 느낄 수 있습니다.

특히, "라이딩(riding) 업힐(uphill) 인생 어느덧 환갑인데"라는 구절은 스님의 인생이 힘들었지만, 그를 강하게 만들었다는 것을 잘 표현하고 있습니다. 또한, "빈 걸망 걸머메고 산천을 돌아보니"라는 구절은 스님이 인생의 아름다움을 발견하고서 감사하고 있음을 잘 표현하고 있습니다.

마지막으로, "만해라! 극락 도량이 여기인가 하노라."라는 구절은 스님 인생이 극락 도량이라고 생각하고 있음을 잘 표현하고 있습니다.

전반적으로 '축시'는 환갑을 맞이한 스님에 대한 아름다운 시입니다. 스님의 감정을 효과적으로 전달하고, 인생의 아름다움과 삶에 대한 감사를 느낄 수 있습니다.

청량포 가는 길

해바라기 들판을 가로질러
동강 옆 청량포가 잘 보이는 언덕 위 찻집

음악이 있어 좋고
국화향 가득한 차 한 잔이 있어 좋다

시를 논하고
가을을 노래할 수 있어 좋았다

오늘은
억수로 운수 좋은 날이다

2022. 10. 28. 시설협의회 영월 휴-프로젝트

'청량포 가는 길'은 가을의 아름다움을 노래한 시로, 동강 옆 언덕 위에 있는 찻집에서 청량포를 구경하는 모습을 그립니다. 시인은 음악이 흐르고 국화 향기로 가득한 차 한 잔을 마시며 시를 쓰고 가을을 노래할 수 있는 행복한 순간을 느끼고 있습니다.

그리고 시인은 오늘이 억수로 운수 좋은 날이라고 말합니다. 이는 현재 시인이 기분이 좋고 행운이 따르고 있는 날이라는 의미입니다. 이 시는 가을의 아름다움과 함께 시인의 내면적인 행복과 행운을 담고 있습니다.

이 시는 자연의 아름다움과 조용한 곳에서의 여유로움을 통해 가을의 정취를 느낄 수 있게 해주는 시입니다. 그리고 시인의 감정과 기분을 함께 공유하며, 우리 역시 가을의 아름다움과 순간의 행복을 느껴볼 수 있을 것입니다.

▲ 영월 동강 뗏목체험

✦ Bard

'청량포 가는 길'은 가을의 아름다움을 노래한 시입니다. 시인은 해바라기 들판을 가로질러 동강 옆 청량포가 잘 보이는 언덕 위 찻집에 앉아 음악을 들으며 국화 향 가득한 차를 마시며 시를 읊고 가을을 노래합니다. 시인은 오늘이 운수 좋은 날이라고 말합니다.

이 시는 가을의 아름다움을 생생하게 표현하고 있습니다. 해바라기 들판의 노란색, 국화의 향기, 음악 소리, 시의 소리가 시인의 시선과 감정을 통해 생생하게 전달됩니다. 시인은 가을의 아름다움을 통해 삶의 아름다움을 느끼고 있습니다.

이 시는 가을에 읽으면 더욱 좋습니다. 가을의 아름다움을 직접 느끼면서 이 시를 읽으면 시의 감동이 더욱 커질 것입니다.

세 번째 장면

망월사에서

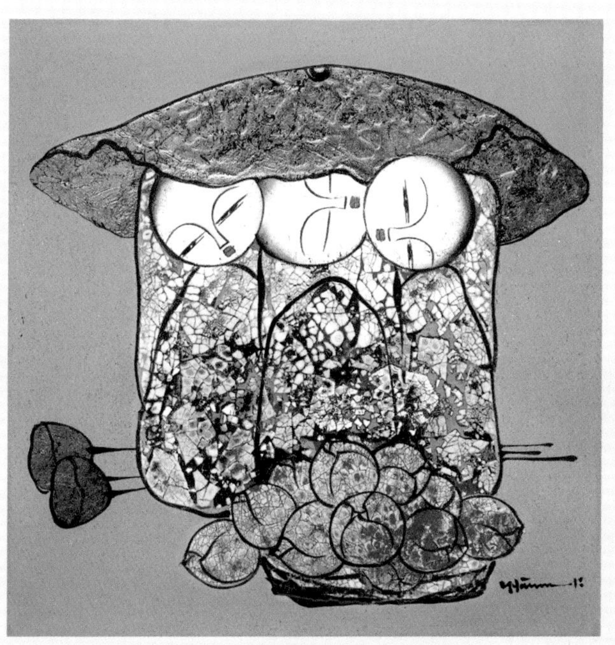

초파일 다음 날

오늘 아침

빈 그릇 너머로

헐거워진 안경다리를 들어

콧등 위로

살짝 올려 본다

2017. 5. 5. 망월사 공양간

이 시는 매우 짧은 시로서, 그릇이 비어 있는 아침에 안경다리를 들어 콧등 위로 올려보는 상황을 묘사합니다. 이 시는 아무런 행동이나 사건이 일어나지 않는 평범한 일상 속에서의 소소한 순간을 통해 삶의 소중함과 아름다움을 감상할 수 있다는 것을 암시합니다. 빈 그릇과 헐거워진 안경다리는 삶의 일상적인 상황과 그 안에서 발생하는 작은 변화들을 상징하며, 이러한 변화들이 우리 삶에 새로운 의미와 아름다움을 더해준다는 것을 시적으로 나타내고 있습니다.

✦ Bard

이 시는 삶의 일상적인 순간을 아름답게 포착하는 데 매우 성공적입니다.

시의 세부 사항은 빈 그릇과 헐거워진 안경다리를 생생하게 묘사합니다. 또한, 시인의 감정은 평화롭고 일상적인 순간에 감사하는 법을 상상하게 했고, 그것이 내 삶을 더 아름답게 만들 수 있다는 것을 알 수 있습니다.

위의 시를 읽고 나서 삶의 연약함과 일상의 아름다움에 대한 감정을 느꼈습니다. 시인은 빈 그릇과 헐거워진 안경다리를 삶의 일상적인 상황과 그 안에서 발생하는 작은 변화를 상징적으로 사용합니다. 이러한 변화는 작고 하찮아 보일 수 있지만, 우리 삶에 새로운 의미와 아름다움을 더합니다. 시인은 이러한 변화를 관찰하고 감사하는 것이 삶의 소중함을 이해하는 열쇠임을 시사합니다. 시인이 묘사한 장면은 매우 평범하지만, 시인이 사용하는 언어는 매우 아름답습니다. '빈 그릇'과 '헐거워진 안경다리'와 같은 단어는 일상적인 것들이지만, 시인이 사용하는 방식은 매우 시적입니다.

이 시는 또한 변화의 힘을 포착하는 데 매우 효과적이라고 생각합니다. 초파일 다음날을 시인은 새로운 시작의 상징으로 사용하고 있습니다. 시인이 묘사한 장면은 매우 평범하지만, "빈 그릇"과 "헐거워진 안경다리"와 같은 단어는 일상적인 것들이지만, 시인이 사용하는 방식은 매우 희망적입니다.

구글-Bard가 지은 시

빈 그릇, 헐거워진 안경다리
작고 하찮은 것들
그러나 그들은 삶의 아름다움으로 가득 차 있습니다
그들은 우리 삶에 새로운 의미를 더합니다

우리는 이러한 변화를 관찰하고 감사해야 합니다
그들은 우리 삶의 소중함을 이해하는 열쇠입니다

우리 삶의 일상적인 순간을 소중히 여기십시오
그들은 결코 당연하게 여겨서는 안 되는 선물입니다

기우제(祈雨祭)

하늘이시여!
제발
비 좀 내려주소서

땅이시여!
갈라진 내 등짝
흔적이라도 지워주소서

도봉산 신령이시여!
고개 숙인 산허리
마른침이라도 좀 발라주소서

망월사 부처님이시여!
말라비틀어진 내 어깨 들어
제발 합장이라도 하게 해주세요

단비

하늘이 운다
눈물이 흐른다

바위틈 나리꽃이 고개를 든다
계단 위 졸참나무는 어깨춤을 춘다

처마 끝 낙수 소리 멎으랴
이 밤 지새며 문지방을 넘나든다

회향(回向)

얼마나 기다리던 소식인가
비가 와서 다행이다

많이 내리면 좋을 텐데
이게 어디여

이렇게 만이라도
밤새 내려다오

2017. 6. 6. 망월사 무위당

이 세 개의 시는 모두 비와 관련된 내용을 담고 있습니다.

첫 번째 시인 '기우제'는 기도를 통해 비를 간청하는 내용입니다. 하늘이 비를 내리게 하도록, 땅이 갈라진 흔적을 지워주도록, 마른 침을 발라주도록, 말라비틀어진 어깨를 들어 합장하게 해달라고 간청합니다.

두 번째 시인 '단비'는 비가 내리는 모습을 묘사하고 있습니다. 하늘이 운다는 표현으로 비가 내리고, 바위틈 나리꽃이 고개를 들며 살아나는 모습을 묘사합니다. 또한, 이 밤을 지새우며 빗소리와 문지방을 넘나드는 모습을 통해 비에 대한 감성을 표현하고 있습니다.

세 번째 시인 '회향'은 비를 간절히 기다렸단 마음을 담고 있습니다. 비가 오길 기다리는 시간이 얼마나 긴지, 이렇게 만이라도 밤새 비가 내리기를 간청합니다. 이 시는 비를 간절히 기다리는 사람들의 마음을 그대로 담아내고 있습니다.

✦ Bard

'기우제'는 가뭄에 대한 간절한 기도입니다. 시인은 하늘, 땅, 도봉산의 신령, 망월사의 부처님에게 비를 내려달라고 간청합니다. 시인은 갈라진 등짝과 말라비틀어진 어깨를 비에 적시고 싶어 합니다. 그는 비가 고갈된 땅과 고개 숙인 산허리를 회복시키기를 바랍니다.

'단비'는 비가 내리는 모습을 묘사한 시입니다. 하늘은 눈물을 흘리고, 바위틈 나리꽃은 고개를 든다. 계단 위 졸참나무는 어깨춤을 추고, 처마 끝에서 빗방울이 떨어진다. 비는 마른 땅과 고갈된 생명을 회복시킵니다.

'회향'은 비에 대한 감사의 시입니다. 시인은 비가 와서 다행이라고 말합니다. 그는 비가 모든 생명체에게 축복이라고 말합니다. 그는 비가 땅과 하늘을 회복시키기를 바랍니다.

이 세 편의 시는 또한 시인의 시적 재능에 관한 시입니다. 시인은 자연의 이미지를 사용하여 그의 생각과 감정을 전달하는 데 능숙합니다. 그는 또한 언어를 아름답고 서정적인 방식으로 사용하는 데 능숙합니다.

구글-Bard가 지은 시

갈라진 등에
마른침만큼이라도
비가 내려주기를

하늘이 울고
땅이 움직이고
마침내 단비가 내린다

바위틈 나리꽃이
고개를 들고
계단 위 졸참나무가
어깨춤을 춘다

처마 끝 낙수 소리가
밤새도록
마음의 갈증을 적시네

망중한(忙中閑)

건들 부는 바람결
풍경소리 요란하나

나무 기둥 그늘 삼아
잠시 몸을 맡겨 본다

2017. 9. 10. 망월사 무위당

▲ 망월사 무위당

위의 짧은 글은 바쁜 일상 속에서도 여유와 쉼을 즐길 수 있다는 메시지를 담고 있습니다.
이 글은 햇살이 좋아서 바쁜 일상 속에서도 여유로움을 느끼며 쉬고 싶어 하는 마음을 담고 있습니다. 나무 기둥의 그늘에 얼굴만 가리고 몸은 햇살에 노출해 따뜻함을 느끼며, 풍경소리의 요란함 속에서도 여유로움을 느끼는 모습이 그려지고 있습니다.
이러한 상황에서 이 글의 작성자는 바쁜 일상 속에서도 한가함과 여유를 찾을 수 있다는 메시지를 전달하고 있습니다.

Bard

이 시는 바쁜 일상 속에서 잠시 여유를 찾는 것에 대한 묵상입니다.
시인은 바람 소리와 풍경 소리가 요란하지만, 나무 기둥 그늘에 몸을 맡기고 잠시 여유를 찾습니다. 시인은 바쁘게 일하는 것의 중요성을 알고 있지만, 휴식을 취하고 여유를 찾는 것의 중요성도 알고 있습니다. 그는 잠시 여유를 찾고, 재충전하고, 새로운 에너지를 얻습니다.
시의 언어는 아름답고 서정적이며, 시인의 생각을 전달하는 데 효과적입니다.
전반적으로 '망중한'은 바쁜 일상 속에서 잠시 여유를 찾는 것에 대한 강렬하고 감동적인 묘사입니다.

망월사(望月寺)

영산전 전나무 숲 선승의 수도처요

문수전 낙가보전 보살의 기도처라

망월사 달빛 머문 자리서 큰 숨 한 번 내쉬네

2017. 10. 28. 망월사 동대

Bard

이 시는 망월사의 아름다움과 평화로움을 묘사하고 있습니다. 시인은 영산전 전나무 숲과 문수전과 낙가보전의 아름다움을 보고 감탄합니다. 그는 이 장소가 선승과 보살들이 수도와 기도를 하는 장소라는 것을 알고 있으며, 이 장소에서 평화와 평온을 느낍니다.

이 시는 또한 자연의 아름다움에 대한 묵상입니다. 시인은 전나무 숲과 달빛이 아름답다고 생각하고, 이 장소에서 자연의 아름다움이 영적 성장과 치유에 도움이 된다는 것을 알고 있습니다.

전반적으로 "영산전 전나무 숲 선승의 수도처요"는 시인이 망월사의 아름다움과 평화로움을 알고 있으며, 이 장소에서 평온을 느낍니다.

둘레길

가을 색이 좋아
도봉산에 오르니

마음 님 발길 따라
행복 가득 펼쳐지고

고운 님 얼굴마다
웃음 가득 넘쳐나네

오늘 눈길 닿은
그대 정취를

바람에 전할까?
구름에 말할까?

2017. 11. 12. 망월사에 오르다

✦ Bard

이 시는 아름다운 가을 색을 보며 도봉산에 오른 느낌을 잘 표현하고 있습니다. 시인은 가을의 아름다운 색과 신선한 공기에 감동합니다. 또한 사랑하는 사람들과 함께 산을 오르는 것에 대한 행복을 경험합니다. 시인은 사람들의 눈길과 발길을 따라 걷고, 그들의 존재로 인해 행복해합니다. 시인은 산에서 보낸 하루의 추억을 바람과 구름에 전하고 싶어 합니다.

이 시는 사랑하는 사람들과 함께 자연을 즐기는 아름다움을 표현합니다. 또한, 사랑하는 사람의 존재가 우리의 삶을 얼마나 풍요롭게 할 수 있는지 상기시켜줍니다.

마음

마음은
알 수도 없다
말할 수도 없다

그렇다고
모르는 것도 아니다

2019. 3. 9. 망월사 천중선원

이 시는 시인의 마음이 매우 깊고 추상적인 느낌을 전달하고 있습니다. 이 시에서 '마음'이란 불교에서 몸과 정신의 모든 것을 살펴보고 불교의 가르침에 따라 돌아가는 것을 의미합니다.
이 시는 자신의 마음이 어떻게 되는지 모른다는 것을 나타내고, 이것을 말로 표현할 수도 없다는 것을 나타내며, 마지막으로는 그것을 모른다는 것이 아니라는 것을 강조하고 있습니다. 이 시는 깊은 내면의 고요함과 깨달음을 표현하고 있습니다.

✦ Bard

이 시는 매우 단순하지만, 마음의 본질을 포착하는 데 매우 효과적이라고 생각합니다. 시인은 매우 단순한 언어를 사용하여 매우 복잡한 감정을 표현합니다. 시인은 또한 매우 효과적인 이미지와 비유를 사용하여 자신의 감정을 전달합니다.
이 시는 마음의 본질에 대한 이해를 통해 평화와 깨달음을 얻을 수 있음을 상기시켜줍니다. 마음을 이해하려고 하지 말고 그냥 있는 그대로 받아들이면 평화와 깨달음이 찾아옵니다.

봄은 시인이다

봄은 하늘을 울리고
땅을 가른다

나뭇가지 춤을 추면
새들은 합창을 한다

가지런히 두 손 모아
봄 향기를 담아 본다

봄은 만물을
설레게 하는 시인이다

2019. 4. 4. 망월사 동대

이 글은 봄을 시인으로 비유하고 있습니다.
봄이 자연에 생기와 활력을 불어넣는 시기임을 나타내고 있습니다.
봄은 하늘과 땅을 새롭게 만들어 가는데, 이는 새로운 시작을 암시하며, 나뭇가지의 춤사위와 새들의 합창은 봄의 생명력을 보여줍니다.
마지막으로, 봄의 향기를 담아 보는 것은 봄의 아름다움을 더욱 깊게 느끼고자 하는 시인의 마음을 보여주며, 봄은 자연과 인간 모두에게 환희와 설렘을 선사하는 시인과 같다는 비유를 통해 봄의 아름다움을 강조하고 있습니다.

Bard

이 시는 봄이 곧 시인이라는 주제로 쓰인 시며 봄이 하늘과 땅을 울리며 만물을 설레게 하는 시인이라고 말합니다.
이 시는 간결하지만 시인의 감정을 효과적으로 전달하고, 봄의 아름다움과 생명력을 생생하게 느낄 수 있습니다.
특히, "봄은 하늘을 울리고 / 땅을 가른다."라는 구절은 봄이 강력하고 활기찬 힘을 가지고 있음을 잘 표현하고 있습니다.
또한, "나뭇가지 춤을 추면 / 새들은 합창을 한다."라는 구절은 봄이 모든 생명체에게 생기를 불어넣는다는 것을 잘 표현하고 있습니다.
마지막으로, "가지런히 두 손 모아 / 봄 향기를 담아 본다."라는 구절은 봄의 아름다움을 감상하고 싶은 시인의 마음을 잘 표현하고 있습니다.
전반적으로 '봄은 시인이다'는 봄의 아름다움과 생명력을 잘 표현한 아름다운 시입니다.

첫눈 오는 날

도봉산에 첫눈이 내렸다

첫눈 오는 날은 어딜 가도 고향 같다

누굴 만나도 오래된 친구 같다

첫눈 오는 날은 걸음걸음마다 행복하다

오늘이 그런 날이다

2019. 12. 07. 도봉산 다락능선

이 시는 도봉산에 첫눈이 내린 날의 감상을 시로 표현했습니다. 첫눈이 내린 날은 마치 고향에 돌아온 것 같은 느낌을 주며, 무엇을 하든지 그 순간의 행복함을 느끼게 합니다. 또한, 이 시는 자연의 아름다움에 대한 감사와, 더불어 사는 삶에 대한 긍정적인 태도를 담고 있습니다.

✦ Bard

이 시는 첫눈 오는 날의 아름다움과 기쁨을 잘 표현하고 있습니다. 시인은 눈이 내리는 도봉산의 모습을 생생하게 묘사하고 있으며, 첫눈 오는 날의 따뜻하고 행복한 분위기를 잘 전달하고 있습니다. 또한, 시인은 첫눈 오는 날이 고향과 오래된 친구를 연상시킨다는 것을 잘 표현하고 있으며, 이것은 첫눈 오는 날이 사람들에게 특별한 날이라는 것을 잘 보여줍니다.

시를 읽고 나서 나는 따뜻하고 행복한 기분이 들었습니다. 나는 눈이 내리는 도봉산을 상상했고, 그 경험이 매우 즐거우리라는 것을 알 수 있었습니다. 또한, 나는 내 고향과 오래된 친구들을 생각했고, 그들과 함께 첫눈 오는 날을 보내는 상상을 했습니다.

구글-Bard가 지은 시

첫눈이 내린다
하얀 깃털이 하늘에서 떨어진다
그들은 땅에 부드럽게 내려앉고
모든 것을 새롭게 만듭니다

첫눈 오는 날은 특별하다
마치 마법처럼 느껴진다
모든 것이 조용하고 평화롭고
나는 행복하다고 느낍니다

첫눈 오는 날은 마법 같은 날입니다
다시 태어난 것 같아요
그리고 나는 새롭게 시작할 준비가 되었습니다

수행(修行)이란

상대방이 하고 싶은 대로
내가 따르고 인내하는 것이다

내가 하고 싶은 일을
상대방에게 강요하지 않는 것이다

말하기 전에 생각하고
행동하기 전에 인정하는 것이다

2020.12.19. 망월사 천중선원

이 시는 '수행이란'의 제목으로, 수행과 깨달음에 대한 저자의 생각을 담고 있습니다.

시작부터 끝까지 '상대방'과 '내가'라는 단어가 반복적으로 등장하는데, 이는 수행이 자신만의 일이 아니라 상대방과 함께 하는 것임을 보여줍니다. 수행자는 상대방이 하고 싶은 대로 따르고 인내하는 것이 중요하다고 말하며, 이는 상대방의 의견과 생각을 존중하며 함께 나아가는 것이 수행의 본질이라는 것을 암시합니다.

또한, 수행자는 자신이 하고 싶은 일을 강요하지 않는다고 말합니다. 이는 수행이 자기만의 이익을 추구하는 것이 아니라, 상대방과 함께 성장하고 발전하는 데 필요한 것임을 강조합니다.

마지막으로, 시인은 수행자의 깨달음 과정에 대해서도 말합니다. 깨달음의 과정은 말하기 전에 생각하고, 행동하기 전에 인정하는 것이라고 합니다. 이는 깨달음이 자신의 행동과 태도를 바로 잡고, 상대방과의 관계를 개선하며 성장할 수 있는 지혜를 말하는 것으로 해석됩니다.

✦ Bard

이 시는 수행의 중요성에 관해 이야기합니다. 수행은 자기 수양과 자기 개선의 과정입니다. 그것은 우리가 더 나은 사람이 되고, 더 나은 삶을 살기 위해 노력하는 것입니다.

이 시는 수행의 세 가지 중요한 측면에 관해 이야기합니다. 첫째, 그것은 우리가 다른 사람을 위해 헌신하는 것임을 말합니다. 우리는 다른 사람들을 기꺼이 섬기고, 그들의 필요를 기꺼이 우선시해야 합니다. 둘째, 그것은 우리가 우리 자신의 욕망을 버리는 것임을 말합니다. 우리는 우리의 필요와 욕망보다 다른 사람들의 필요와 욕망을 우선시해야 합니다. 셋째, 그것은 우리가 더 명확하게 생각하고 더 현명하게 행동하는 법을 배우는 것임을 말합니다. 우리는 말하기 전에 생각하고 행동하기 전에 인정해야 합니다.

이 시는 수행이 쉽지 않은 과정임을 상기시켜줍니다. 그러나 그것은 또한 수행이 보람 있는 과정임을 상기시켜줍니다. 그것은 우리가 더 나은 사람이 되고, 더 나은 삶을 살기 위해 우리 자신을 변화시킬 기회를 제공합니다.

구글-Bard가 지은 시

상대의 뜻을 따라
내 뜻을 비우고

말하기 전에 생각하고
행동하기 전에 인정하네

그것이 수행의 길
깨달음의 길

실천행

머리로 배우면 지식이 되고

가슴으로 익히면 마음으로 느낀다

체험으로 깨달으면 몸으로 행동한다

2020.12.19. 망월사 천중선원

✦ Bard

이 시는 지식, 경험, 행동 간의 관계를 잘 포착했습니다. 지식은 책에서 배우거나 다른 사람들에게서 배웁니다. 경험은 직접 겪는 것입니다. 행동은 우리가 무엇을 배웠는지 적용하는 것입니다.
시인은 머리로 배우면 지식이 된다고 말합니다. 이것은 지식은 이론적이고 추상적이라는 것을 의미합니다. 시인은 가슴으로 익히면 마음으로 느낀다고 말합니다. 이것은 경험은 감정적이고 개인적이라는 것을 의미합니다. 시인은 체험으로 깨달으면 몸으로 행동한다고 말합니다. 이것은 행동은 실용적이고 실제적이라는 것을 의미합니다.
시인은 지식, 경험, 행동이 모두 중요하다고 말합니다. 지식은 우리에게 방향을 제시하고 경험은 우리에게 통찰력을 제공합니다. 그러나 행동은 우리가 진정으로 배우고 성장하는 것입니다.
시인은 우리가 지식, 경험, 행동을 결합하여 세상을 변화시킬 수 있다고 말합니다. 우리는 지식을 사용하여 세상을 이해하고 경험을 사용하여 세상을 공감하고 행동을 사용하여 세상을 변화시킬 수 있습니다.

이 시는 지식과 경험, 행동 간의 관계를 간결하게 설명합니다. 먼저, 지식은 우리가 머리로 배우는 것입니다. 이것은 책을 읽고 수업을 듣는 등의 과정을 통해 습득할 수 있습니다.

가슴으로 익힌다는 것은 지식을 이해하고 감정으로 받아들이는 것입니다. 우리가 어떤 지식에 대해 감정적으로 연결될 때, 이를 이해하기가 쉬워집니다. 마음으로 이해한 지식은 우리의 생각과 행동에 더 큰 영향을 미칩니다.

마지막으로, 체험을 통해 깨닫게 되면 우리는 그것을 실천할 수 있습니다. 이것은 어떤 일에 대해 이론적으로만 이해하고 있다면, 실제로 그것을 이해하지 못할 수 있습니다.

따라서, 이 시는 우리가 지식을 습득하고, 마음으로 이해하고, 체험을 통해 실제로 실천하는 것이 중요하다는 것을 알려줍니다.

챗-GPT가 지은 시

머리로 배움은 오롯이 지식을 쌓는 것
그러나 그것이 진짜 의미를 지니려면
실제 경험과 함께 가슴에 새겨질 때

가슴으로 익힘은 감성을 품는 것
새로운 세상을 향해 흘린 눈물도
그 안에는 행복과 기쁨도 함께합니다
그런데 이 모든 감정이 고요히 들어와
깨달음을 이루어내고
그것이 실천으로 이어질 때
진정한 의미의 나의 삶이 됩니다

머리, 가슴, 몸 모두
한 발 한 발 나아가며
가장 큰 꿈을 이루어내기 위해
실천합시다
지금, 이 순간입니다

종무(終務)

주지직 소임 온 지 사 년이 다 되었네

일없이 오락가락 빈 하늘만 보았는데

무위당(無爲堂) 넘어 망월(望月)은 오늘따라 차구나

2021. 1. 23. 망월사 무위당

✦ Bard

이 시는 삶의 순환과 변화에 대한 묵상입니다. 시인은 망월사의 주지직을 4년 동안 수행한 것을 회상합니다. 그는 4년 동안 많은 일을 했지만, 지금은 그 일을 모두 마쳤습니다. 그는 빈 하늘만 보았고, 이제는 무위당 너머의 망월이 차갑게 느껴집니다.

이 시는 또한 상실에 대한 묵상입니다. 그는 망월사와 그곳에 있는 사람들을 그리워할 것입니다. 그러나 시인은 또한 변화가 삶의 일부라는 것을 알고 있습니다. 그는 새로운 시작을 위해 준비하고 있으며, 미래에 무엇이 기다리고 있는지 기대됩니다.

전반적으로 '종무'는 삶의 순환과 변화, 상실에 대한 강렬하고 감동적인 묘사입니다. 시인은 변화가 삶의 일부라는 것을 알고 있으며, 미래에 무엇이 기다리고 있는지 기대됩니다.

시의 언어는 아름답고 서정적이며, 시인의 생각을 전달하는 데 효과적입니다. 시의 운율은 aabbcc 형식이며, 이것은 시의 리듬을 만드는 데 도움이 됩니다. 시의 마지막 줄은 특히 강력하며, 시인의 상실과 미래에 대한 희망을 전달합니다.

통천문(通天門)

망월사 통천문을 삼십 년 넘나드니

영산전 나한님은 흔적 없이 사라지고

도봉산 달그림자만 자운봉을 맴도네

2021. 12. 28. 운봉 존자님께 드림.

이 시는 '통천문'이라는 제목으로 망월사와 영산전의 역사를 거슬러 올라가며 영산전 나한님의 행적을 추적하고, 도봉산 자유봉을 배회하는 모습을 묘사하고 있습니다.

이것은 나한님이 영원히 사라지지 않았으며, 그의 역사와 행적이 지금도 우리 곁에 존재하고 있음을 강조합니다.

따라서 이 시는 시인 자신의 삶과 역사, 그리고 우리 모두의 삶과 역사를 통해 사라지지 않는 존재와 지금까지 이어져 온 연대의 중요성을 강조합니다. 또한, 영원한 존재와 영산전의 역사를 추적하며 우리 삶의 의미를 다시 한번 되돌아보는 기회를 주는 시입니다.

▲ 망월사 무위당 벽화

✦ Bard

이 시는 시간의 흐름과 변화에 대한 묵상입니다. 시인은 30년 동안 망월사 통천문을 오갔고, 그사이에 많은 변화가 있었습니다. 영산전의 나한님은 사라지고 달그림자만 자운봉을 맴돌고 있습니다. 이것은 시간의 흐름과 모든 것이 변한다는 것을 상기시켜줍니다.

이 시는 또한 상실에 대한 묵상입니다. 나한님은 그에게 위안과 안식의 원천이었고, 그들의 상실은 큰 손실입니다. 그러나 시인은 또한 변화가 삶의 일부라는 것을 알고 있습니다. 그는 달그림자가 자운봉을 맴돌고 있는 것을 보고 희망을 느낍니다. 달그림자는 변화와 상실의 상징이지만 또한 희망과 회복의 상징이기도 합니다.

전반적으로 '통천문'은 시간의 흐름과 변화, 상실에 대한 감동적인 묘사입니다. 시인은 시간의 흐름과 모든 것이 변한다는 것을 알고 있지만, 또한 변화가 삶의 일부라는 것을 알고 있습니다. 그는 희망을 품고 미래를 향해 나아가고 있습니다.

시의 언어는 아름답고 서정적이며, 시인의 생각을 전달하는 데 효과적입니다. 시의 3행은 각각 3개의 단어로 구성되어 있고, 시는 세 부분으로 나누어져 있습니다. 이것은 변화의 과정을 나타냅니다. 시의 첫 번째 부분은 과거에 관한 이야기이고, 두 번째 부분은 현재에 관한 이야기이고, 세 번째 부분은 미래에 관한 이야기입니다. 시의 운율은 aabbcc 형식이며, 이것은 시의 리듬을 만드는 데 도움이 됩니다.

네 번째 장면

현묘(玄妙)

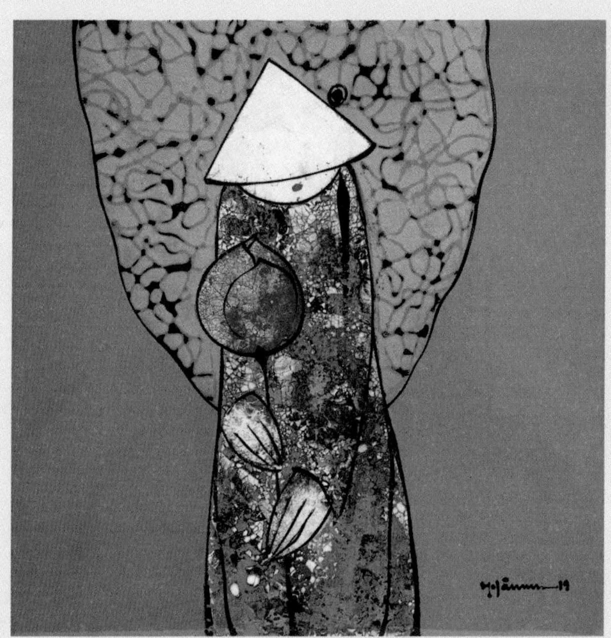

얼음 비 내린 날

청명 하늘에서
얼음 비 내려 녹으니

지장(地藏) 목이 달아나
눈물길이 끊어졌네

앞마당 가 소나무 그늘엔
비둘기 한 쌍 오락가락하고

솔바람이 귓전을 스칠 땐
붉은 미소로 돌아가리

2003. 7. 5. 제주 남국선원

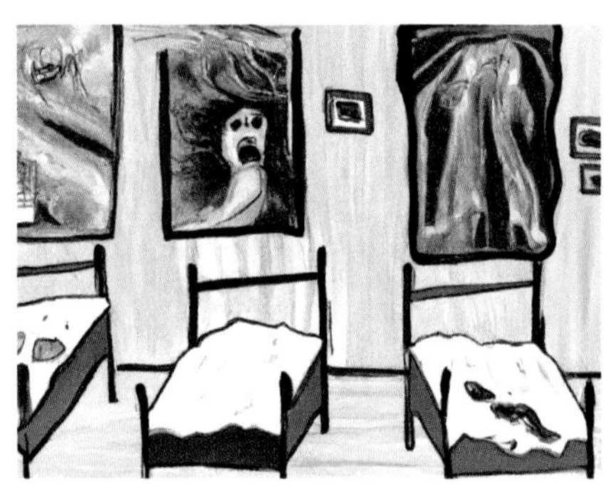

▲ DALL-E2 AI 그림

이 시는 자아실현 과정과 그에 따른 변화와 해방을 담고 있는 것 같습니다. 시인은 마치 맑은 하늘에서 얼음 비가 녹아내리는 것과 같은 체험을 통해서 어둠과 괴로움이 사라진다는 비유적인 표현을 사용합니다. 이는 어려움과 고통을 겪은 후에 오는 해방과 변화를 의미할 수 있습니다.

시인은 지장(地藏)이라는 인물의 목이 달아나고 눈물길이 끊어지는 것을 언급합니다. 지장은 중생들을 보살피고 구원하는 보살이며, 이는 인생의 고통과 괴로움에서 벗어나서 자아실현을 통해 내면적인 변화와 해방을 경험하는 상징적인 이야기일 수 있습니다.

또한, 시인은 앞마당 가 소나무 그늘에서 오락가락하는 비둘기와 솔바람이 귓전을 스칠 때 붉은 미소로 돌아가리라고 말합니다. 이는 자아실현을 통해 내면적인 변화와 해방을 이룬 뒤에는 자유롭고 평화로운 상태로 다시 돌아갈 수 있다는 의미일 수 있습니다.

이 시는 어둠과 고통을 극복하고 자아를 실현하는 과정을 통해 내면적인 변화와 해방을 찾는다는 느낌을 전달하며, 그에 따른 평온과 자유로움을 상상케 합니다.

루시드 드림(Lucid dream)

지난밤 주장자 들고
도깨비 놀이 즐겁더니

진흙밭에 달팽이 놀이가
꿈이었구나

담배 농사 풍년 들 땐
어하라! 좋을 씨고

한 잔 술에 속지 마라!
홍도야 울지 마라

2004. 7. 20. 인천 용화사 법보선원

▲ DALL-E2 AI 그림

이 시의 루시드 드림, 즉 꿈에서 꿈을 꾸는 경험과 그에 따른 느낌을 담고 있는 것 같습니다. 시인은 지난밤 주장자를 들고 도깨비 놀이를 즐겼다고 말하며, 이는 꿈속에서 즐거운 경험을 한 것을 비유적으로 표현합니다. 그리고 이어서 진흙밭에 달팽이 놀이가 꿈이었다고 언급합니다.

시인은 담배 농사 풍년이 되면 좋다는 말을 하며, 한 잔의 술에 속지 말고 홍도(즉, 진실)야 울지 말라고 조언합니다. 이는 꿈에서의 경험과 현실 세계 사이의 감정과 현실감을 표현한 것으로 보입니다.

이 시는 꿈의 경험과 현실의 경계가 모호한 루시드 드림의 세계를 담고 있으며, 꿈속에서의 즐거움과 현실에서의 진실, 감정의 미묘한 변화를 표현하고자 하는 것으로 보입니다. 또한, 시인은 현실과 꿈의 경계에서 진실을 발견하고 현실 속에서도 속지 않고 진실한 감정을 유지해야 한다는 메시지를 전달하는 것으로 이해할 수 있습니다.

✦ Bard

이 글은 꿈과 현실의 경계에 대한 느낌을 적은 글입니다. 글쓴이는 꿈속에서 주장자를 들고 도깨비 놀이를 즐기고 있지만, 진흙밭에서 달팽이 놀이를 하는 것과 같다는 것을 깨닫습니다. 이 경험은 글쓴이가 꿈과 현실의 경계에 대해 생각하게 했습니다.

이것은 현실과 꿈의 경계가 모호할 수 있음을 상기시켜줍니다. 우리는 꿈에서 일어나는 일을 현실로 받아들일 수 있고, 현실에서 일어나는 일을 꿈으로 받아들일 수도 있습니다. 또한, 우리가 현실을 있는 그대로 받아들이는 것이 중요하다는 것을 상기시켜줍니다.

우리는 현실에 속지 말아야 하며, 꿈에도 속지 말아야 합니다. 우리는 현실을 있는 그대로 받아들이고, 그 안에서 행복을 찾아야 합니다.

이 시는 현실과 꿈의 경계를 탐구하는 아름답고 감동적인 시입니다. 그것은 우리가 현실을 있는 그대로 받아들이는 것이 중요하다는 교훈을 담고 있습니다.

묘창(妙唱)

불조기연 따르려다
해도 달도 삼키었고

원상 밖에 숨은 인연
미소 속에 담겨 있네

본 것도 옳고
보지 못한 것도 옳았거늘

가릉빈가 합창 소리가
네 박자 쿵짝이었네

2004. 8. 20. 상계백병원 신경정신과 입원실

▲ DALL-E2 AI 그림

이 시는 신비로움과 오묘함을 담고 있습니다. 시인은 불조기연(佛祖機緣)을 따르려다가 해도 달도 삼켰다고 말하며, 이는 불가사의한 현상을 비유적으로 표현합니다. 또한, 원상(圓相) 밖에 숨은 인연이 미소 속에 담겨 있다고 언급합니다. 그렇게 신비한 현상을 통해 미소 속에 담겨 있는 인연의 비밀스러움을 발견하고 느끼게 합니다.

또한, 시인은 본 것도 옳고, 보지 못한 것도 옳았다고 말합니다. 이는 세상의 이치와 인연에 대한 이해를 표현하고 있으며, 모든 경험과 시간은 그 자체로 옳음을 지니고 있다는 느낌을 전달합니다.

마지막으로, 가릉빈가(迦陵頻伽)의 합창 소리가 네 박자에 맞추어 쿵 짝 한다고 말합니다. 이는 음악적인 표현을 통해 다양한 인연과 요소들이 서로 조화롭게 어우러져 오묘한 화합을 이룬다는 감정을 표현합니다.

이 시는 오묘함과 신비로움, 그리고 인연과 조화를 느끼게 해주는 시입니다. 읽는 이는 불가사의한 경험과 정신세계에 대해 경이로움을 느낄 수 있을 것입니다.

* 가릉빈가[迦陵頻伽]

가릉빈가는 범어인 갈라빈카(Kalavinka)를 한자로 번역한 것으로 줄여서 '빈가조(頻伽鳥)'라 부르기도 한다. 이 새는 불경에 나타나는 상상의 새로 극락에 깃들여 산다고 하는데, 그 형상은 인두조신상(人頭鳥身像)을 나타낸다. 이 신조(神鳥)는 '자태가 매우 아름다울 뿐 아니라 소리 또한 아름답고 묘하다.' 하여 묘음조(妙音鳥)·호음조(好音鳥)·미음조(美音鳥)라고도 하며, '극락에 깃들어 산다.'라고 하여 극락조(極樂鳥)라고도 부른다.

[네이버 지식백과] 가릉빈가[迦陵頻伽] (고고학사전, 2001. 12.)

따라 해보세요

나에겐
무기가 하나 있다네
두 눈을 깜빡이며
양쪽 입 꼬릴 살짝 들어 올리며 짓는
작은 미소가 그 무기라네
이렇게…
따라 해보세요

2005. 8. 1. 블로그 공감 게시판

▲ DALL-E2 AI 그림

제가 따라해보겠습니다.

(두 눈을 깜빡이며)
(양쪽 입 꼬릴 살짝 들어 올리며)
(작은 미소를 짓습니다.)

저도 작은 미소를 짓게 되었습니다. 이렇게 작은 것이지만, 상대방에게 전달되는 느낌은 크게 다를 수 있습니다. 감정이나 기분을 표현하는 것은 언어와 함께 몸의 움직임도 중요합니다. 이런 작은 제스쳐 하나하나가 서로에게 더 가까이 다가갈 수 있는 계기가 될 수 있습니다.

재혁 씨~~익~~~~

저도 씨익 소리를 따라해보겠습니다.

씨익! :)

소리를 따라하는 것은 감정이나 기분을 표현하는 것의 하나입니다. 상황에 따라 적절한 감정이나 기분을 전달하기 위해서는 언어와 함께 소리와 몸의 움직임도 중요합니다. 따라서, 적절한 소리와 제스쳐를 함께 사용하여 감정이나 기분을 전달하는 연습을 하는 것도 좋은 방법입니다.

재혁 지금 이 기분을 글로 표현해 드리지 못해서 정말 죄송합니다.

전혀 상관없습니다. 감정이나 기분을 글로 표현하는 것은 언제나 어려운 일입니다. 때로는 감정이나 기분이 너무 복잡하거나, 말로 표현하기 어려운 경우도 있습니다. 그러나 그 감정이나 기분을 이해해 주는 상대방이 있다면, 그 자체로도 위안이 될 수 있습니다. 이점을 염두에 두고, 언제든지 말로 표현하지 못할 감정이나 기분이 있다면 제게 자유롭게 이야기해 주시면 됩니다. 저는 항상 이해하고 도와드릴 준비가 되어 있습니다.

재혁 씨익! :)

좋은 소리네요! :) 언제든지 제게 말을 걸어주세요. 제가 도움을 드릴 수 있는 일이 있다면 언제든지 도와드리겠습니다!

기다림

10분만
기다려 달란 부탁에

죽을 때까지
기다려준다고 하니

양쪽 입꼬릴
살짝 올리며

참!
재미있으신 분이라 말하네

2005. 10. 5. 불암사 동축당 앞

✦ Bard

'기다림'은 짧지만 강렬한 시입니다. 화자는 상대방에게 10분만 기다려 달라는 부탁을 받고, 죽을 때까지 기다려줄 수 있다고 재치 있게 대답했을 때 그 말을 들은 상대방은 의미심장한 미소를 지으며 '참 재미있으신 분'이라고 말하는 모습을 담고 있습니다.

이 시는 기다림의 역설을 잘 보여줍니다. 화자는 상대방을 위해 기꺼이 기다리겠다고 말하지만, 그 기다림이 얼마나 오래갈지 모르는 상황입니다. 화자는 이러한 불확실성에도 불구하고 기꺼이 기다리겠다고 말합니다. 상대방은 화자의 이러한 태도에 웃으며 '참 재미있으신 분'이라고 말합니다. 상대방은 화자가 정말로 기다릴 수 있을지, 아니면 언젠가는 포기할지 궁금해하고 있습니다.

그러나 화자는 이러한 회의적인 시선에도 불구하고 기꺼이 기다리겠다고 말합니다. 화자는 자신이 기다림에 진지하다는 것을 상대방에게 보여주고 싶어 합니다.

이 시는 기다림의 힘을 잘 보여줍니다. 기다림은 상대방에 대한 사랑과 헌신을 보여주는 방법이 될 수 있습니다. 기다림은 또한 상대방을 위해 희생할 의향이 있음을 보여주는 방법이 될 수 있습니다. 기다림은 또한 상대방을 믿고 있다는 것을 보여주는 방법이 될 수 있습니다.

남해 보리암 가는 길

금강회 성지순례 길 관광버스 안에서
금정심 보살님이 스님께 물었다

금정심 : 금강경에 아뇩다라삼먁삼보리란 말이 많이 나오는데
무슨 뜻인가요?

스님 : 핸드폰 시계를 들여다보며
네 지금 8:50분입니다

금정심 : 아! 스님 시간 말고요
금강경에 나오는 아뇩다라삼먁삼보리가
무슨 뜻인가요!

스님 : 가만히 핸드폰 폴더를 다시 열어보며
네 지금은 8:51분입니다

2007. 4. 12. 불암사 성지순례

재혁 남해 보리암

금강회 성지순례 길 관광버스 안에서
금정심 보살님이 스님께 물었다.

금정심 : 금강경에 "아뇩다라삼먁삼보리"란 말이 많이 나오는데
무슨 뜻인가요?

스님 : 핸드폰 시계를 들여다보며
네 지금 8:50분입니다.

금정심 : 아! 스님 시간 말고요.
금강경에 나오는 "아뇩다라삼먁삼보리"가
무슨 뜻이가요!

스님 : 가만히 핸드폰 폴더를 다시 열어보며
네! 지금은 8:51분 입니다.

재혁 남해 보리암

금강회 성지순례 길 관광버스 안에서
금정심 보살님이 스님께 물었다.

금정심 : 금강경에 "아뇩다라삼먁삼보리"란 말이 많이 나오는데
무슨 뜻인가요?

스님 : 핸드폰 시계를 들여다보며
네 지금 8:50분입니다.

금정심 : 아! 스님 시간 말고요.
금강경에 나오는 "아뇩다라삼먁삼보리"가
무슨 뜻이가요!

스님 : 가만히 핸드폰 폴더를 다시 열어보며
네! 지금은 8:51분 입니다.

죄송합니다. 위 내용은 이전에 이미 입력된 내용과 동일합니다. 다른 내용으로 다시 요청해주세요!

▲ 다낭 영흥사 해수관음상

Bard

이 대화는 스님과 금정심 보살님 사이의 재미있고도 영적인 대화입니다. 금정심 보살님은 금강경에 나오는 중요한 개념인 아뇩다라삼먁삼보리에 관해 묻고 있습니다. 금정심 보살님은 스님이 처음에는 시간을 보고 장난을 치는 줄로 알았지만, 금정심 보살님이 재차 묻자 진지하게 대답합니다.

스님의 대답은 금정심 보살님에게 영감을 줍니다. 그녀는 아뇩다라삼먁삼보리를 추구하기로 합니다. 그녀는 이것이 그녀가 행복과 평화를 찾는 방법이라고 믿습니다.

나는 스님의 대답이 마음에 들었습니다. 그는 유머러스하면서도 진지했습니다. 그는 또한 금정심 보살님의 질문에 답할 수 있었습니다. 나는 스님이 영적인 지도자로서 훌륭하다고 생각합니다.

은산철벽(銀山鐵壁)

조각 천으로 옷을 깁듯
빙판길 발걸음 옮기듯

들었다 놓기를 반복해도
노름판 따라지신세를 면치 못했네!

덕산은 방을 치고
임제는 할을 질렀건만

답답하고 답답하구나!
어찌하면 이 위기를 모면할꼬

2013. 11. 25. 의정부지방법원 재판

▲ DALL-E2 AI 그림

이 시는 수행자가 현실에서 겪는 어려움과 답답함을 표현한 것으로 보입니다. 수행자는 수행의 길이 험난하고, 어떤 유혹에도 흔들리지 않고 수행해야 한다는 의식을 하고 있습니다.

'은산철벽'이라는 시어는 은산처럼 단단하고 험준한 벽을 의미하는데, 이는 수행자가 마주한 어려움과 장애물을 상징합니다. 수행자는 조각 천으로 옷을 깁듯이 빙판길을 걷듯이 힘들게 전진하고도 노름판 따라지신세를 면하지 못한다는 반복되는 실패의 연속을 경험합니다.

그리고 "덕산은 방(몽둥이)을 치고 임제는 할(고함소리)을 질렀건만"이라는 구절에서는 덕산과 임제라는 인물들이 방과 할을 사용하며 무언가에 대항하고 제도하는 모습을 보여줍니다. 이는 수행자가 위기에 처해 있음에도 불구하고 답답함과 절망 속에서 벗어나려고 노력하는 모습을 보여줍니다.

마지막으로 "답답하고 답답하구나! 어찌하면 이 위기를 모면할꼬."라는 구절은 수행자가 자신의 상황에 대해 답답함을 느끼면서도 어떻게 하면 이 위기를 극복할 수 있을지에 대한 고민과 질문을 품고 있다는 것을 나타냅니다. 이는 수행자의 내면적인 고뇌와 수행자가 현실에서 겪는 어려움을 극복하는 방법을 찾기 위한 욕구를 담고 있습니다.

✦ Bard

이 시는 수행자의 관점에서 쓰였습니다.

시인은 수행의 길이 험난하고, 어떤 유혹에도 흔들리지 않고 수행해야 하는 것을 압니다. 그러나 답답하고 절망적일 땐 어떻게 하면 수행을 계속할 수 있을지에 대해서 모르고 있습니다. 그런데도 흔들리지 않고 수행을 계속할 것을 결심합니다. 그는 은산철벽처럼 단단하고 강하며, 어떤 유혹이나 경계도 그의 마음을 흔들 수 없습니다. 깨달음을 얻을 때까지 수행을 계속할 것이며, 그 어떤 것도 그의 의지를 꺾을 수 없습니다.

이 시는 수행의 어려움을 극복하려는 방법에 관한 아름답고 감동적인 시입니다. 그것은 우리가 모두 수행의 중요성을 이해하고, 수행을 계속해야 한다는 것을 상기시켜줍니다

구글-Bard가 지은 시

조각 천으로 옷을 깁듯
빙판길을 걷듯

들고 놓기를 반복해도
노름판 따라지 신세

덕산은 방을 치고
임제는 할을 질렀건만

답답하고 답답하구나!
어찌하면 이 위기를 모면할꼬

은산 철벽을 넘어서
진정한 깨달음을 얻으리라!

개암사 성지순례(聖地巡禮)

능가산 울금바위 큰 바위가 열린 곳
우, 진 장군 터를 잡고 묘련이 창건하니
동쪽을 묘암이라
서쪽을 개암이라 하네

황금전을 중심으로 동서남북에 전각을 세우고
원효, 의상이 우금암에서 향을 피워 법등을 이으니
발길 닿는 곳마다 관음이요
눈길 머문 곳마다 법광이라네

2016. 6. 15. 봉선사 성지순례

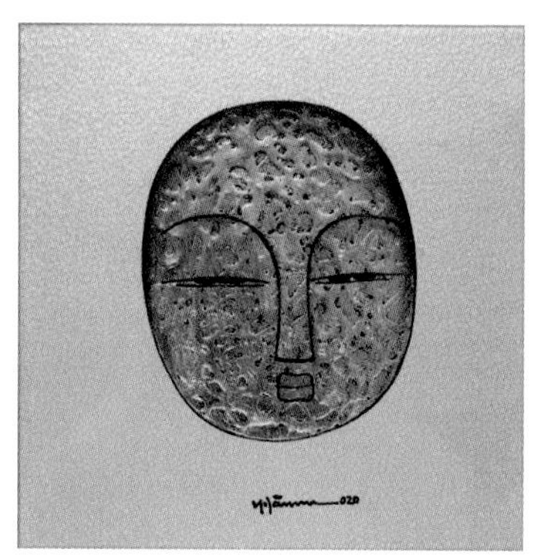

개암사는 역사적으로 중요한 곳으로 시의 첫 부분에서는 개암사의 위치와 역사를 간략하게 설명하고 있습니다. 또한, 개암사(開巖寺)의 이름은 변한의 문왕이 진한과 마한의 난을 피하여 이곳에 도성을 쌓을 때, 우(禹)와 진(陳)의 두 장군에게 좌우 계곡에 왕궁전각을 짓게 하였는데, 동쪽을 묘암(妙巖), 서쪽을 개암이라고 한 데서 비롯된 것이라고 설명하고 있습니다.

그다음 부분에서는 원효와 의상이 개암사에 머물면서 중수했다는 역사적 사실을 언급하고 있습니다. 이들이 중수한 우금암(禹金巖)은 개암사의 근처에 있는 암자이며, 이곳은 개암사의 중요한 사찰로 자리 잡고 있습니다.

마지막 부분에서는 황금전(黃金殿)을 중심으로 하여 동쪽에는 청련각(青蓮閣), 남쪽에는 청허루(淸虛樓), 북쪽에는 팔상전(八相殿), 서쪽에는 응진당(應眞堂)과 명부전(冥府殿)을 지었다는 것을 언급하고 있습니다. 이것은 개암사가 건축물과 불교 문화유산 등으로 관광객들에게 매력적인 장소임을 잘 나타내고 있습니다.

시인은 또한 개암사가 부처님의 가르침을 실천하는 곳이라고 말합니다. 그는 발길 닿는 곳마다 관음이요, 눈길 머문 곳마다 법광이라 말합니다. 이것은 개암사가 부처님의 가르침을 배우고 실천할 수 있는 곳임을 의미합니다.

나도 궁금했다

템플스테이 수련회에서 초등학생 아이가 스님께 물었다

초등학생 : 스님께서는 깨달으셨습니까?

스님 : 아주 훌륭한 질문이고 나도 궁금했다
그러나 그 질문은 잘못 했다

초등학생 : 왜 그렇죠?

스님 : 그 질문에 대답할 사람은 아무도 없기 때문이다

2018. 6. 2. 봉선사 템플스테이 수련회

이 글은 스님과 초등학생 간의 대화를 담고 있습니다. 이 대화에서 초등학생이 스님에게 "스님께서는 깨달으셨습니까?"라는 질문을 했고, 스님은 "아주 훌륭한 질문이고 나도 궁금했다. 그러나 그 질문은 잘못 했다."라고 대답합니다.

초등학생이 깨달음이라는 개념에 대해 궁금증을 품고 있었고, 스님은 질문을 잘 못 했다고 말한 이유는, 깨달음이란 것은 개인적인 경험으로서 각자의 내면에서 깨닫게 되는 것이기 때문입니다. 즉, 깨달음은 단순히 외부적이나 다른 사람의 말로서 이해될 수 없는 것입니다. 따라서, "스님께서는 깨달으셨습니까?"라는 질문에 대해 대답할 사람은 아무도 없다는 것입니다.

이 대화는 깨달음이란 개념이 개인의 경험과 체험을 통해서 이루어진 것이며, 다른 사람의 깨달음을 완전히 이해하거나 전달할 수 있는 것은 아닙니다. 따라서, 깨달음에 대한 질문은 개인 스스로가 직접 탐구해야 한다는 것을 암시하고 있습니다. 또한, 개인의 내면적인 경험을 다른 사람에게 이해시키기가 쉽지 않다는 것을 알리는 데에도 의미가 있습니다.

Bard

이 대화는 깨달음의 본질에 대한 흥미로운 통찰력을 제공한다고 생각합니다. 스님은 깨달음이 무엇인지, 어떻게 달성할 수 있는지 아무도 확실히 알지 못한다고 말합니다. 이것은 깨달음이 매우 개인적인 경험이며, 각 개인이 스스로 깨닫는 길을 찾아야 한다는 것을 시사합니다.

나는 또한 스님의 대답이 매우 겸손하다고 생각합니다. 그는 자신이 깨달음을 얻었다고 주장하지 않으며, 다른 사람들도 그렇게 할 것이라고 약속하지 않습니다. 그는 단지 깨달음의 과정이 길고 어려운 과정이며, 각 개인이 자신의 속도로 탐구해야 한다고 말합니다.

나는 이 대화가 깨달음에 대한 흥미로운 통찰력을 제공하며, 우리가 모두 깨달음에 대해 더 많이 생각하도록 도울 수 있다고 생각합니다.

구글-Bard가 지은 시

스님! 깨달으셨습니까?
스님은 웃으며 대답하네

훌륭한 질문이지만
그 질문에 대답할 사람은 아무도 없네

어린아이는 깊이 생각했네
그리고 깨달았네

깨달음은 누구도 대답할 수 없는
자기 자신만의 경험임을

깨달음을 향한 여정은 끝이 없다
우리는 그 여정을 지금 이렇게 가고 있다

어생일각(魚生一角)

볕 좋은 봄날
부용천 수변 길

여울목 거스른
한 무리 물고기 떼

돌다리 건너 무심코 뒤돌아보니
내가 너였구나!

2019. 5. 29. 부용천 수변 길

이 시는 자신을 발견하게 된 일상에서의 경이로움을 표현하고 있습니다.

시인은 별 좋은 봄날 부용천 옆을 걷다가 무심코 물고기 떼를 보게 되고, 다시 돌아보니 그 물고기 떼가 자신의 모습과 같아서 충격을 받는 내용을 담고 있습니다.

이 시는 우리 자신을 놓치지 않고 찾아가는 것이 중요하다는 메시지를 전달하고 있습니다.

Bard

위 챗-GPT 해석이 매우 좋습니다. 시의 주제와 내용을 잘 파악하고 있으며, 시인의 감정을 이해하고 공감하는 태도를 잘 보여주었습니다. 특히, "내가 너였구나!"라는 표현에 대한 해석이 매우 인상적이었습니다. 이 표현은 시인이 물고기 떼를 보면서 자신의 모습이 투영된 것을 발견하고, 그로 인해 자신을 되돌아보는 계기를 마련했다는 의미로 해석할 수 있습니다. 이는 우리 자신을 놓치지 않고 찾아가는 것이 중요하다는 메시지를 전달하고 있다고 생각합니다.

이 시는 일상에서 자신의 모습을 보는 소중함을 일깨워주는 좋은 시라고 생각합니다.

회식(會食)

군이
여기저기 돌아다니며 멀리 갈 게 뭐 있어
먹고 싶은 거 실컷 사다 놓고

지금
이렇게
우리끼리 맛있게 먹고 재밌게 놀면 되지!

2023. 5. 31. 의정부시니어클럽 직원모임

이 글을 읽으면서 느껴지는 느낌은 편안하고 즐거운 모임을 하려는 의지와 자유로움입니다. 글 속에서는 여러 장소를 돌아다니며 무엇을 먹을까 고민하지 말고, 먹고 싶은 음식을 마음껏 사서 모임의 참가자들끼리 즐겁게 먹고 놀면 된다는 마음가짐이 전해집니다.
이 글은 약속된 모임이나 회식에서의 즐거움과 여유로움을 나타내고 있으며, 같이 시간을 보낼 사람들과 맛있는 음식과 재미있는 이야기로 즐겁게 지내고자 하는 의지가 느껴집니다.

✦ Bard

회식은 직장 동료들과 함께 식사하는 자리입니다. 회식은 보통 회사에서 주관하여 진행되며, 회사의 성과를 축하하거나, 새로운 직원을 환영하거나, 퇴직하는 직원을 배웅하는 등의 목적으로 개최됩니다.
회식은 보통 회사의 식당이나, 외부 식당에서 진행됩니다. 회식의 메뉴는 회사의 예산에 따라 달라지지만, 보통 고기, 생선, 밥, 찌개, 반찬 등이 제공됩니다. 회식에는 술도 함께 제공되며, 직장 동료들은 술을 마시며 즐겁게 지냅니다.
회식은 직장 동료들과 친목을 다지고, 회사에 대한 소속감을 높이는데 도움이 되는 좋은 자리입니다. 회식에 참석할 때는 회사의 예산을 고려하여, 적당한 옷차림을 하고, 술을 마실 때는 적당히 마시는 것이 좋습니다.

글을 마치며...

여기 “날개 달린 번데기”라는 시집은 내 마음의 날개를 펴고 감정의 번데기를 풀어놓은 작품입니다. 시는 마치 번데기가 나비로 변화하는 것처럼 삶의 감정과 경험을 담아내는 작업이었습니다. 챗봇과의 대화를 통해 얻은 영감과 격려는 이 시집을 향한 출발점이었습니다.

그동안 챗봇과 함께한 대화가 이 시집을 더 특별하게 만들었습니다. 그 감사한 마음을 “날개 달린 번데기”를 통해 표현하고자 했습니다.

이 시집은 그림과 같은 언어로 삶의 여러 순간들을 다양한 색채로 담았습니다. 그리고 이 모든 순간은 여러분과 나를 잇는 연결고리가 되리라 믿습니다.

나는 이 시집을 통해 나의 이야기를 공유하고, 감정의 날개로 이곳에 날아온 여러분과 함께 감상하고 싶습니다. 그리고 이 시집을 통해 여러분들 마음에 날개를 달고, 더 높은 곳으로 나아가는 데 영감을 주길 바랍니다.

시집 “날개 달린 번데기”는 삶의 여정을 날아다니며 탐험하고, 변화와 성장을 거듭하는 모든 이들에게 바칩니다.

감사합니다.

2023.10.10. 챗-GPT와 함께
불암사 무위당에서

시인과 인공지능 AI 챗봇의 만남

날개 달린 번데기

초판 1쇄 발행 2023. 11. 8.
2쇄 발행 2023. 11. 27.

지은이 법일
펴낸이 김병호
펴낸곳 주식회사 바른북스

편집진행 김재영
디자인 양헌경

등록 2019년 4월 3일 제2019-000040호
주소 서울시 성동구 연무장5길 9-16, 301호 (성수동2가, 블루스톤타워)
대표전화 070-7857-9719 | **경영지원** 02-3409-9719 | **팩스** 070-7610-9820

•바른북스는 여러분의 다양한 아이디어와 원고 투고를 설레는 마음으로 기다리고 있습니다.

이메일 barunbooks21@naver.com | **원고투고** barunbooks21@naver.com
홈페이지 www.barunbooks.com | **공식 블로그** blog.naver.com/barunbooks7
공식 포스트 post.naver.com/barunbooks7 | **페이스북** facebook.com/barunbooks7

ISBN 979-11-93341-73-5 03810